VOLÚPIA

RAQUEL MARINHO

VOLÚPIA

ATENÇÃO
Conteúdo sensível

Dados Internacionais de Catalogação na Publicação (CIP)
(Câmara Brasileira do Livro, SP, Brasil)

Marinho, Raquel
        Volúpia / Raquel Marinho. – Caucaia, CE: Ed. Da Autora, 2023.

ISBN 978-65-00-78206-6

1. Machismo – Ficção 2. Misoginia 3. Patriarcado 4. Romance brasileiro I. Título.

23-168181   CDD-B869.3

Índices para catálogo sistemático:
1.   Romances: Literatura brasileira B869.3
Aline Graziele Benitez - Bibliotecária - CRB 1/3129

Para Consuelo, Raimundinha e Lúcia.

VOLÚPIA

VOLÚPIA

"Já não se encantarão os meus olhos nos teus olhos,

já não se adoçará junto a ti a minha dor.

Mas para onde vá levarei o teu olhar

e para onde caminhes levarás a minha dor.

Fui teu, foste minha. O que mais? Juntos fizemos

uma curva na rota por onde o amor passou.

Fui teu, foste minha. Tu serás daquele que te ame,

daquele que corte na tua chácara o que semeei eu.

Vou-me embora. Estou triste:

mas sempre estou triste.

Venho dos teus braços. Não sei para onde vou.

...Do teu coração me diz adeus uma criança.

E eu lhe digo adeus."

Pablo Neruda

ÍNDICE

VOLÚPIA FILOSÓFICA

O novo romance de Raquel Marinho traz uma legenda atual e necessária às prateleiras virtuais e físicas, recheadas de romances erotizados por mulheres pseudo empoderadas, que se revelam submissas ao primeiro toque de dedos de seu macho dominador. Em *Volúpia*, Marinho, por intermédio da voz da narradora Nicinha, uma mucama negra mal desescravizada, lança mão de argumentos históricos e filosóficos para expor um conhecimento científico profundo sobre a condição da mulher em sociedade, sem, contudo, tornar seu texto um manual de conduta maçante e aborrecido. Seu romance toca o coração de quem defende a causa feminina, mas sem ser caracterizado como uma obra feminista.

Giovanna, a personagem de quem a narradora conta a história, é uma jovem mulher que é obrigada a se casar com um homem bem mais velho, para quitar uma dívida de seu pai. A menina não sabia da dívida e tampouco sabia que o casamento a jogaria no oceano aterrorizante da violência sexual, física e verbal. Giovanna viveu para a dor. Desde as primeiras páginas de sua vida, os meandros da sua história mostraram um caminhar reverso do prodígio. Essa mulher subverte a submissão do sacrifício do ser. Giovanna é uma mulher forjada no sofrimento da escrita feminina. Cada traço e cada letra são martelados na bigorna de uma experiência histórica e estruturalmente construída na velha sociedade que ainda hoje reafirma os feudos dos homens e serviliza as mulheres.

Raquel Marinho atravessa os tempos nesse romance filosófico e científico apresentando com delicadeza uma menina vítima de uma sequência de explorações. Estupros diários, agressões físicas repetidas, um filho após outro, abandonos, decepções, cárcere privado e a solidão constante. Todos esses fatos narrados e acompanhados de muito perto pela amizade fiel da narradora Nicinha à neta de Giovanna, Sabrina, que representa o perfil moderno de inconformismo contra todas as formas de discriminação contra a mulher.

Esse caminhar de Giovanna pelo calvário de sua vida, os sacrifícios que fez, os descaminhos, as perdas sofridas, todas essas acontecências são retratos atravessados pelo tempo e vividos por milhares de Giovannas, testemunhadas por outras tantas Nicinhas invisíveis que precisam transformar em heranças culturais a coragem de falar e denunciar as vulnerabilidades e os abusos sofridos. Mas muitas vezes denunciar a quem? Raquel Marinho presenteia a sociedade com esta obra social de grande porte. Volúpia é, além de um texto estético de grande valor, um documento histórico, filosófico e científico, que deve estar na lista de leitura de todos.

Sandra Maia-Vasconcelos
Liguísta, narratologista e poetisa

1
RECÉM CASADOS

Foi através da formalidade de um telegrama que a família Porto Cavalcante foi informada da visita do recém casal, os Sr. e Sra. Benevides; Timóteo que fazia a ronda da fazenda a cavalo, logo avistou a charrete ao longe e, prontamente correu para nos advertir daquela presença esperada. Nós três os aguardávamos na varanda, o Sr. Viriato, a Dona Gertrudes e eu. Confesso, não imaginava ver aquele rosto tão iluminado. Vi partir uma menina apavorada com um casamento forçado e nos visitou uma belíssima mulher, radiante como uma linda flor que desabrocha, exposta em um jardim repleto de mistérios; a paisagem carregava uma aura artística, sugerindo a materialização de um quadro impressionista de *Claude Monet*. Naquela atmosfera de júbilo e tranquilidade, era impossível prever todas as desventuras que viriam a se suceder a partir daquela chegada.

Giovanna chegou altiva em uma elegante carruagem, tal qual um membro da realeza; estava paramentada em um longo e sofisticado vestido branco composto por cambraia de linho e renda renascença, gola alta e os babados que repousavam sobre os ombros e mangas lhe concediam um ar angelical; usava um chapéu médio com fitas, luvas na mesma cor da indumentária e uma minúscula bolsa presa ao pulso por uma fita acetinada com pérolas fixadas artesanalmente; o Coronel Benevides, elegantemente trajado, conduzia o veículo semelhante a um servidor prestativo, parando em frente a porta principal do casarão da família Porto Cavalcante, entregando a condução dos animais a Timóteo; desceu prontamente, ofereceu uma das mãos à jovem senhora, dispondo-se a ajudá-la descer da carruagem; com uma teatralidade semelhante as películas que vimos juntas, a recém casada segurou o chapéu com uma das mãos entregando a outra ao marido, presenteou-lhe com um olhar cativante e um sorriso oblíquo que decorava fascinantemente sua linda face pálida e juvenil, baixou o rosto como quem recorda memórias recentes, ambos sorriram discretamente em uma cumplicidade outrora inimaginada; de braços dados subiram sincronizadamente os degraus do casarão.

A Sinhazinha apresentava-se deslumbrante, e a medida que conversávamos era possível perceber seu deslumbramento com o momento atual; Giovanna mergulhara em um mar de quimeras; o luxo, a luxúria e influência do Coronel Benevides acendera naquela jovem fantasias outrora desconhecidas; num rito de passagem acelerado, vi uma menina-moça em um total desespero por ter sido comercializada pelo próprio pai a um desconhecido que lhe causava temor, converter-se em uma mulher embrenhada num mar de opulência e sedução, – do pavor à entrega total – uma transformação minimamente sobrenatural.

Decerto que tamanha conversão em tão pouco tempo me causava relativa desconfiança, Dona Jacinta sempre me dizia: - "Não acredite em facilidades. A vida nunca é fácil!".

De alguma forma, e inconscientemente, eu pressentia as desventuras e paixões que Giovanna viveria, o que não passou pela minha cabeça, – nem em sonho – é que eu viveria parte desse descalabro junto a ela.

– Sabrina, peço que me escute com atenção e indulgência. Cuidado com a empatia! A identificação com as violências do mundo pode revelar a naturalização e aceitação das mazelas morais na sociedade em que vivemos.

Tudo começou no final da primavera de 1940, quando Giovanna retornou de sua fantasiosa lua de mel em Copacabana na cidade do Rio de Janeiro. Naquela manhã em que a recém casada chegara para visitar os pais, também anunciava que eu me preparasse, pois logo na semana seguinte Leopoldo viria me buscar para que eu fosse morar na fazenda do Coronel Benevides; um acordo pré-estabelecido durante aquele vertiginoso noivado sem direito a namoro.

Cheguei a pensar que nossos dias seriam descomplicados, muito embora eu sentisse um constante frio na espinha com a presença do Coronel durante aquela visita.

Na semana em que eu me preparava para a mudança, o casal Benevides dava continuidade à lua de mel, naquele momento, na intimidade de seu lar. Rufino – como Giovanna costumava chamá-lo – tinha seus rituais, e os fazia de forma teatralizada para que seus empregados entendessem a necessidade de privacidade e se recolhessem a seus aposentos, – espécie de casas dentro da fazenda, porém com relativa distância do suntuoso casarão –.

O crepúsculo anunciava a noite circundando àquela residência, o gramofone em alto volume anunciava um *Ave verum corpus de Mozart*, Giovanna que se banhava teve a pele do corpo instantaneamente toda ouriçada, a música clássica anunciava o início da lascívia.

Rufino entrou na toalete tomando Giovanna pela mão, enxugou-a com uma alva toalha, jogando a roupa de banho ao chão, segurando-a pela mão para que saísse da banheira, a jovem mulher já se compunha por relativa excitação, seus mamilos a denunciavam, o marido lambia o próprio lábio superior enquanto observava e a conduzia nua até a sala. Tirou a própria roupa lentamente enquanto a Sinhazinha o fitava. No luxuoso cômodo valsaram nus por um tempo duradouro e não calculado, tudo que importava ali, e entre aqueles dois, era chegar ao auge das suas excitações.

Despidos de tudo, rodopiavam na sala, a língua úmida e quente soprava e em seguida tocava o ouvido de Giovanna, enquanto a jovem manceba sentia-se rendida e tragada pelo cônjuge, uma fantasia de submissão e luxúria se estabelecia entre eles.

Giovanna fez-se caça, Rufino definitivamente se colocou como caçador, para ela, uma consequência das decisões alheias, para ele, uma escolha consciente, e talvez, inconsciente.

O Coronel conduziu a esposa até a sala de jantar escorando-a à mesa, encostou seu corpo na silhueta da esposa, o beijo molhado e quente foi correspondido por Giovanna, arrepiando ainda mais sua pele e seus mamilos, Rufino envolvia a cintura da esposa amante com força e dominação, farejava seus cabelos castanhos, longos e cacheados, tal qual um predador examina sua presa, os beijos continuavam sorvendo a pele e subindo até o pescoço, a saliva quente circulava e penetrava as orelhas daquela mulher, Giovanna revirava os olhos, o marido a pegou pelo pescoço forçando-a a olhar firmemente para ele, a outra mão se aprofundou na pélvis da jovem senhora constatando a lubricidade. A volúpia continuava sonorizada por *Mozart com A flauta mágica*, um capricho sofisticado do sr. Benevides, que deitou sua esposa a mesa lambendo e sugando seus seios com expressivo desejo e ardor, puxou seus cabelos com força exigindo novamente que a senhora o fitasse fixamente até que uma lágrima deslizou a face de Giovanna; um misto de dor, medo e excitação foram expostos no olhar daquela mulher; Rufino se contorcia de desejo ao perceber a miscelânea de prazer e pânico no olhar úmido de sua esposa; lambendo os lábios superiores, o Coronel cravou na esposa toda sua virilidade com acentuada força, intensificando com movimentos frenéticos, segurou o pescoço da jovem sobre a mesa com a mão esquerda, e com a mão direita fez refém seu braço, Giovanna contorcia o corpo com movimentos reduzidos num mix de dor e prazer, a devassidão do sr. Benevides despertara a sensualidade em sua jovem esposa; era impossível imaginar tamanha lascívia entre aqueles dois; o frenesi continuava até que a pele e os mamilos de Giovanna se eriçaram repentinamente de forma mais intensa denunciando o gozo, o Coronel a surpreendeu esbofeteando sua face que ruborizou, era impossível confortar o próprio rosto com o braço preso, lágrimas quentes e volumosas brotaram de seus olhos e deslizaram compulsivamente pelo rosto de Giovanna; Rufino potencializou os movimentos de seus quadris com velocidade e também arrepiou toda a sua pele urrando com um gemido, — tal qual um lobo sobre a presa perseguida — seguido de lambidos no pescoço de sua jovem senhora, beijando-a com os olhos abertos e observando-a.

Aquela mulher estava rendida e entregue aos seus prazeres. Segurou em seu queixo e olhando firme nos olhos da esposa disse:

— Sou louco por ti Giovanna. Você desperta em mim os desejos mais ocultos. Sua libido me enfeitiça. É absurdamente excitante possuir uma mulher que sente tamanho prazer. — Seus desejos são meus.

A jovem senhora observava seu marido, sem entender nada do que aquelas palavras representavam.

Rufino continuou. Levou a boca até a úmida região pubiana de Giovanna, lambendo e sugando o clitóris, depois sorvendo a vulva de sua mulher até que ela deixasse escapar um gemido agudo e quase inaudível.

— Te amo, Giovanna. Te desejo mais que tudo! - sussurrava o Coronel.

Ao som de *Lacrimosa de Mozart,* o sr. Benevides não parou, virou sua mulher de bruços deitando-a com os seios sobre a mesa, puxou seu quadril, beijou-lhe sugando seu pescoço e depois lambendo sua nuca, desceu umedecendo lentamente sua coluna, a pele de Giovanna arrepiara-se instantaneamente, seu cabelo foi puxado com força, o Coronel enterrou-se com vigor no corpo de sua mulher. Giovanna gemeu e Rufino continuou seu frenesi até o gozo, denunciado em um gemido grave.

— Você é minha. Você é minha! - repetia o marido.

Toda a semana que antecedeu a minha chegada foi repleta de noites erotizadas, luxúria, fetiche e pequenas demonstrações de violência, que Giovanna normalizava como amor em um romantismo distorcido e sem experiência, a libidinagem de Rufino provocava sua libido.

Semelhante a uma pintura simbolista, tal qual as obras do artista alemão *Franz von Stuck,* aqueles corpos se consumiam em transes fetichistas sob um obscurantismo pincelado com devassidão e prazer; acreditavam estar protegidos pela privacidade do casarão, no entanto, um par de olhos testemunhava cotidianamente a volúpia do casal com relativa emulação; nem o Coronel, tampouco a jovem senhora notou que eram observados, o fascínio e o transe entre os dois não permitia.

2
A MUCAMA

"Lenta,
a narrativa dos serviçais sentados no limiar da esperança
é palanca negra a derrubar paliçadas e fronteiras. (...)"
Maria Manuela Margarido

Aquela semana passou tão rápido quanto as películas que outrora víamos juntas. Dona Gertrudes continuava cismada com o tal Coronel, mesmo com todas as demonstrações de afeto e visível felicidade da filha, seu sexto sentido maternal lhe alertara que algo condenável podia acontecer. Não posso dizer que as mesmas sensações me advertiram. Jamais passou em meus pensamentos tudo que sucederia.

Fomos à Recife, eu e a ilustre senhora, que me orientou a guardar em um banco todas as minhas reservas financeiras, salários preservados ao longo de todos os anos que trabalhei com a família Porto Cavalcante, e que nunca me foi permitido ter nenhuma espécie de gasto.

Meus pensamentos retornaram ao passado um pouco distante. Ainda criança, a pedido de minha avó em seu leito de morte, fui viver no casarão que um dia foi do pai da Dona Gertrudes; e ela, jurou para minha avó que faria tudo quanto fosse possível para o meu bem-estar, e assim foi. Tive a mesma formação escolar que Giovanna e Gioconda, uma educação alicerçada no colégio das freiras alemãs, mesmas roupas, mesmas viagens, e se não fosse os diálogos me orientando e me advertindo dos preconceitos da sociedade sobre a tinta que recobre a minha pele, me sentiria pertencente àquela família, dado o tamanho cuidado e respeito nutrido por todos, tudo ciceroneado por Dona Gertrudes.

Pouco depois que concluí o ensino normal, principalmente, com o falecimento de Dona Jacinta, tomei a decisão de cuidar do lar dos Porto Cavalcante, – muito a contragosto de toda a família – embora no casarão o tratamento fosse igual, fora das fronteiras do vinhedo não eram. Trabalhar era fundamental, e Dona Jacinta nunca se olvidou de me ensinar os afazeres domésticos, assim como, me confidenciava os pesares dos preconceitos, não era comum mulher trabalhar, a não ser, fossem negras e nas casas dos mais abastados, alguns denominavam como domésticas. De toda forma, essa expressão me embrulhava o estômago. Por acaso éramos animais para sermos domesticadas? Esses questionamentos circulavam apenas meus pensamentos, aprendi desde muito cedo a ser minha própria companhia, mesmo me sentindo bem querida pelos Porto Cavalcante.

Quanto tempo eu ainda teria Dona Gertrudes por mim? Quando um dia eu estivesse só verdadeiramente, quem seria por mim além de mim mesma? Essas perguntas que muito me inquietaram a alma, me fizeram agir. Foi uma decisão inevitável.

Não tardou para que o Sr. Viriato e Dona Gertrudes dialogassem comigo, esclarecendo que não era justo trabalhar sem um digno salário e, passaram a me pagar mensalmente como qualquer outro funcionário da fazenda. Os patrões não aceitavam que eu tivesse nenhuma espécie de gasto.

Ao retornar para a fazenda, a Sinhá asseverou:

– A amizade nutrida por mim e sua avó sempre me foram valiosas demais; sua amizade, carinho e fidelidade me são caras demais Nicinha, quero seu bem, tanto quanto para as minhas filhas. Expôs Dona Gertrudes no trajeto de Triunfo à Recife.

– Obrigada Sinhá. - Assenti.

A mãe da Sinhazinha me alertou ainda que no casarão dos Benevides, possivelmente eu seria tratada como uma mucama de Giovanna, me implorou que eu tentasse não me ofender, e caso o Coronel não pagasse os meus salários ela mesmo o faria.

– Foi assim, Sabrina, em uma manhã de domingo, no início de um outono estranho que Timóteo galopou rápido mais uma vez, desta, para avisar-me que a nova emigrante era eu.

Logo em seguida chegou o sr. Leopoldo, fiel escudeiro e homem de confiança do Coronel Benevides, compareceu ao casarão dos Porto Cavalcante para buscar-me, munido da conhecida charrete, terno, chapéu de massa e seu habitual bigode caricato; acenou com o chapéu e disse-me que aguardaria o quanto fosse necessário, era ordem do Coronel.

O sr. Viriato me cumprimentou, me desejou boa sorte. Dona Gertrudes me abraçou, seus olhos umedeceram, a Sinhá segurou o choro e sussurrou em meu ouvido:

– A cada dois domingos, pela manhã, semelhante à hoje, vou mandar Timóteo lhe buscar. Preciso tranquilizar meu coração. Quero saber de Giovanna e de você.

– Sim Sinhá.

Nos abraçamos novamente.

Timóteo pegou meus pertences e malas e organizou cuidadosamente na charrete dos Benevides. Acenou com o chapéu e segredou com os lábios:

– Você não está só.

Me confortou o coração, muito embora, algo me advertisse do contrário.

Saímos em uma marcha tranquila, olhei para trás até não poder mais ver o casarão e aquela bela paisagem que ainda é vívida em minha memória assemelhava-se com o quadro *Sluice in the Optevoz Valley de Charles-François Daubigny*.

A fazenda do Coronel ficava nas cercanias entre Triunfo e Serra Talhada, não era tão perto e, a estação tornara a paisagem daquela transição um tanto quanto árida e abafada.

Giovanna me aguardava na varanda, estava sorridente, no entanto, mais pálida que de costume, parecendo sofrer de algum padecimento.

O sr. Leopoldo se encarregou de pegar minha bagagem e levar para o quarto previamente escolhido pelo Coronel Benevides, subi lentamente os degraus e logo na varanda a Sinhazinha me abraçou. Me pegou pelas mãos e me conduziu até a sala onde nos aguardavam o Coronel; Joaquina responsável pelos afazeres da cozinha; Eleonora, esposa de Leopoldo e responsável pela organização da casa e dos pertences do sr. Benevides. Fui apresentada a todos pelo Coronel, e na sequência o mesmo descreveu minhas atribuições:

– Nicinha, você atuará nesta casa como uma mucama de Giovanna, cuidará dela e das coisas dela, bem como, lhe ensinará a se comportar como senhora e dona deste lar. – É muito moça ainda, a precocidade do matrimônio não lhe concedeu tempo para essa preparação.

– Sim, sr. Benevides. - Aquiesci.

A sinhá Gertrudes estava precisamente correta com o tratamento que me seria dado e o Coronel fez questão de deixar o meu lugar muito claro naquela casa, com alguns cuidados, evidentemente de modo a não desagradar a esposa.

– Vamos Nicinha! - me convocou Giovanna.

Saímos da sala passando por uma suntuosa sala de jantar, percorremos um longo e largo corredor generosamente decorado com obras de artes nas paredes, aparadores, tapetes e dois lustres luxuosos, ao final do corredor um imponente móvel de madeira de lei com um exuberante espelho e suporte para chapéus e bengalas; o móvel além de decorativo separava duas portas que figuravam uma de frente para outra.

– Este é seu quarto Nicinha. Entre! - me convidou a Sinhá, apontando com a mão para a porta da direita.

Fui surpreendida por um luxuoso quarto para os padrões já conhecidos. Cama larga, roupeiro, penteadeira e escrivaninha em madeira de lei ricamente trabalhados, alvos lençóis e travesseiros brancos, tapetes persas próximo a cama, uma penteadeira além de níveas e translúcidas cortinas que se moviam ao sabor do vento revelando e escondendo fragmentos da paisagem local. Meus pertences se encontravam dispostos logo na entrada, aguardando a organização.

— Gio. O que é aquela porta?

— É seu quarto de banho.

— Nesta casa os quartos de banho são todos privativos?

— Não. Somente do meu quarto, do quarto da falecida mãe de Rufino e o seu. Há um quarto de banho no meio do corredor para os demais quartos de hóspedes e outro com acesso pela cozinha para os empregados da casa.

— Estou tentando não me deslumbrar, essa casa é luxuosa, até mesmo para os padrões dos Porto Cavalcante.

— Sim. Também tento não me deslumbrar.

A Sinhá começou a suar frio, empalideceu mais do que já aparentava e caiu.

— Socorro. Por favor, alguém nos ajude! Giovanna desmaiou.

Em segundos, meu novo quarto foi tomado pelo Coronel e logo em seguida por Leopoldo, o sr. Benevides tomou Giovanna pelos braços e deliberou que o administrador fosse buscar o Dr. Cícero Caetano, um médico local e amigo do Coronel.

O Sr. Benevides me ordenou que o acompanhasse e saiu em direção ao corredor com a jovem senhora nos braços, entrando em seguida no primeiro quarto, localizado no início do corredor.

— Entre por favor! Vá até o quarto de banho, pegue toalhas, as umedeça e traga rápido.

Falava enquanto posicionava cuidadosamente o corpo de Giovanna na cama, passando a chamá-la pelo nome, colocava as toalhas úmidas sobre a testa da jovem e continuava a chamar por seu nome. O Coronel checou sua respiração e intentou a elevar suas pernas, atitudes que deram resultado é consequentemente, aos poucos, a Sinhazinha foi recobrando os sentidos.

3
A GRAVIDEZ

"Eu vi a mulher preparando
outra pessoa
o tempo parou
para eu olhar aquela barriga."
Força estranha - Caetano Veloso

— Grávida, doutor? Tão cedo!

— Sim, sra. Benevides. Nada mais natural que uma jovem como a senhora, recém casada, emprenhe. Quando foi sua última regra?

Giovanna corou.

— Fale, Gio. Fale para o dr. Caetano.

— Aproximadamente quarenta dias.

— Há quanto tempo estão casados?

— Trinta dias! - respondeu o Coronel.

— Ouso dizer Rufino, que sua esposa engravidou ainda nas duas primeiras semanas durante a lua de mel. É o período fértil. Nada mais natural.

— Coronel. Meus parabéns! O senhor será pai.

— Pai?

— Sua esposa está grávida.

— Grávida?

— Sim! Ora, ora, Coronel Benevides. Nada mais natural que um homem saudável e vigoroso quanto o senhor, ser pai.

— Dr. Caetano, tenho cinquenta anos. Estarei vivo para conduzir minhas filhas ao altar? Ou preparar meus filhos como herdeiros?

— Bem, meu amigo. Com todo respeito e intimidade que temos em nossa amizade, o Coronel deveria ter pensado nisso antes. Ou que efetivasse a construção de uma família previamente, realizando o matrimônio mais prematuramente. Ou talvez, evitando filhos. E prosseguiu.

–Rufino. Filhos são bênçãos. – Bênçãos! – Lembre-se disso! Advertiu o médico e amigo do Coronel.

– Bem! Gravidez não é doença. No entanto, é bom ter um pouco mais de cuidado durante os próximos dois meses. Cuide de uma alimentação saudável e evite esforços.

– Todos os esforços, doutor? - Indagou Rufino.

O médico experiente, olhou por cima dos óculos em direção ao Coronel e respondeu:

– Evidentemente que as obrigações conjugais estão preservadas. Mas, sem excessos. Sussurrou o médico, com uma piscadela.

Eram amigos e cúmplices. Aquela seria apenas a primeira visita de muitas que sucederam em um futuro não muito distante.

Apesar de incomodado com a própria idade, o Coronel aparentava relativa alegria com a notícia. Para um homem de cinquenta anos, uma gravidez, tratava-se da prova viva de sua virilidade, e claramente, a masculinidade tóxica exige troféus, Giovanna além de ser um, também carregava outro em seu ventre.

Prontamente o Coronel Benevides pediu que Leopoldo fosse até o casarão dos Porto Cavalcante comunicar a boa nova. Me pediu que durante os próximos dias eu tivesse extremos cuidados com Giovanna, e que durante as noites ele mesmo cuidaria de sua senhora.

Eleonora encarregou-se de me esclarecer as normas da casa, especialmente, que quando o som do gramofone estivesse tocando e não fosse uma festa aberta, eu deveria me recolher aos meus aposentos e sair somente no dia seguinte.

Naquela mesma noite *"Jesus, Alegria dos homens"* ecoou alto, escapando de todas as frestas do quarto do casal, reverberando pelo corredor de acesso e aos demais quartos, esparramando-se pela sala de estar, sala de jantar e cozinha. O que se repetiu todas as noites, pontualmente às 19h, o gramofone começava a trabalhar.

No quarto, o Coronel estava eufórico, afinal sua idade não impedia sua potência, seria pai e seu desejo e possessão por sua bela esposa só aumentava.

Giovanna repousava na cama com uma leve camisola de algodão, tinha abertura e mangas em Richelieu, botões forrados vedavam a abertura que dava acesso aos seios empinados e redondos.

– Seus seios me intimam Gio. – disse o Coronel fitando sua esposa enquanto vertia um whisky puro, repousando o copo em uma mesa lateral.

O cônjuge sentou-se na cama e começou a beijar os pés de Giovanna, levantando sua camisola, beijando e subindo, distribuindo um hálito quente e úmido pela pele de suas pernas até chegar próximo a pélvis da esposa. Despiu-se enquanto fitava sua mulher, e ela o observava. O já conhecido hábito de lamber os lábios superiores se deleitando antes mesmo da consumação. Em seguida, com competência e agilidade rasgou a camisola da jovem prenhe. A pele da senhorinha ouriçou-se por completo. O marido beijou-a úmida e ardentemente, mordiscou sua língua, pescoço e colo, desceu até os seios lambendo-os e sugando-os sofregamente, mordiscando seus mamilos.

– Ai! - sussurrou a esposa.

– Acostume-se, bebês também o fazem. Ironizou o marido.

Sonata ao luar, Op. 27 Nº2 de Beethoven ressoava alto no quarto dos amantes.

O cônjuge continuou sorvendo e beijando com volúpia os seios da esposa; desceu até a barriga, beijou com ternura; desceu até a pélvis, afastou as coxas da mulher e mergulhou os lábios úmidos e quentes. Giovanna contorcia-se de prazer, o Coronel não parava, queria ver a mulher dissolver-se em gozo. Habilmente ele sentou, puxando a mulher pela cintura aproximando as pelves, os seios empinados e arrepiados encontraram o peito másculo do consorte, que com as mãos segurou e movimentou os quadris da esposa encaixando os sexos; o ritmo frenético seguiu impulsionado pelos braços fortes do marido até a senhora deleitar-se e gemer de prazer.

Durante aqueles dois meses, o Coronel Benevides foi cauteloso. Nada de excessos ou fetiches que conotasse qualquer espécie de agressividade.

A cada dois domingos pela manhã, Timóteo chegava para me buscar. A notícia da gravidez de Giovanna foi recebida com júbilo e alegria, assim como, a tristeza por ela não poder fazer viagens de charrete para ver os pais nos dois primeiros meses, como recomendação médica. O que foi compreensível. Até então tudo corria normalmente e, por vezes, cheguei acreditar que as desconfianças que eu e Dona Gertrudes nutrimos em relação ao Coronel, não passavam de exageros de nossa parte.

Durante toda a gravidez, Giovanna não visitou a casa dos pais nenhuma vez sequer, o Coronel sempre se utilizando da preocupação com a saúde da esposa e do bebê. A lascívia noturna era contínua e, nunca foi interrompida, nenhuma noite. Não havia um só céu estrelado que as músicas eruditas não ecoassem através das paredes daquele casarão, assim como, passei a observar o vulto que se aproximava da mansão sempre que as músicas começavam a tocar. Giovanna parecia feliz, no entanto, eu tinha a sensação que a jovem senhora estava imersa em uma clausura mascarada.

Nesse impasse, já que os Porto Cavalcante não poderiam ser brindados com a visita da filha, eles mesmos vinham até a jovem mãe. Todos os meses durante a gravidez, logo nos primeiros dias a sra. Gertrudes visitava a filha. Tanto ela quanto eu, observamos os olhares dissimulados de Eleonora para Giovanna, o que nos causou relativa desconfiança. Na maioria das visitas, que eram diurnas, o Coronel estava fora para cumprir compromissos de seus negócios, ainda assim, evitou veementemente viajar no período da gestação. O tempo passou tão rápido quanto foi o parto de Suzana.

– Sabrina. O frio tradicional que marcava o inverno e as férias em Triunfo, também registrou a chegada de sua tia mais velha. Sua avó deu à luz a Suzana em uma noite fria de um 17 de julho do ano de 1941.

Com o inverno, os primeiros choros do matrimônio de Giovanna começaram a verter, embora ainda sutis, as pequenas manipulações e violências emocionais começaram a surgir. O Coronel, acostumado aos encantos noturnos da bela esposa, agora via sua mulher se desdobrando em cuidados com um pedaço de carne que ele somente reconhecia como filha, no entanto, ainda não tinha aprendido a amar.

A amamentação intensa provocava ciúmes no Coronel e ele se via incomodado, imaginando que quem deveria sorver aqueles seios redondos e fartos era ele. Associado ao comportamento doentio, um resguardo onde quarenta dias para ele pareciam intermináveis, especialmente, para aqueles amantes que faziam diariamente da lascívia noturna momentos de constante luxúria e prazer. Por conseguinte, a maternidade o incomodava, as várias vezes a noite em que Giovanna levantava-se para amamentar, o cheiro do leite lhe provocava asco, o choro da bebê o irritava, os cuidados excessivos de uma mãe de primeira viagem o deixavam inquieto, mesmo que com o meu auxílio e, de Eleonora por algumas vezes, por outras, até Joaquina se envolvia, se a criança trazia luz e alegria para aquela casa, para o sr. Rufino a pequena filha o afastava da volúpia pretendida com sua mulher e, isso o molestava profundamente. Visivelmente irritado, optou por transferir-se para outro quarto; este situava-se de frente para o meu, tratava-se dos aposentos de sua falecida mãe.

Giovanna, gozando sempre da intensa companhia do marido e da afrodisia que perdurou até o dia do parto, não compreendia o afastamento repentino do cônjuge, chorava sofrendo, uma explosão de hormônios e tantas mudanças repentinas e, em tão pouco tempo. Quarenta dias de resguardo se transformou em um tempo maior e, tudo era demasiado para aquela jovem mãe.

Mesmo com tamanha zanga, naquele momento, para o cônjuge a jovem senhora era a mãe solícita e celestial aos seus olhos e, uma forma de manter o equilíbrio era mudar-se dos aposentos e esperar um tempo determinado por ele, que viajava continuamente para resolver seus negócios, especialmente, na indisposição de ver-se dividindo a esposa com a própria filha, assim não tinha pressa de voltar e, quando voltava trancava-se em seus aposentos, ouvindo soturnamente os concertos de outrora, torturando ainda mais Giovanna.

Estranhamente, para mim, a sensação de sentir um vulto se esgueirando ao redor da mansão dos Benevides continuava, em particular, sempre que o gramofone ecoava.

A instabilidade emocional da jovem mãe, por mais que eu conversasse com ela não ajudava, em menos de quatro meses seu peito secou e, a pequena Suzana teve que ser alimentada de outras maneiras, logo passando a dormir noites inteiras, com isso, a exaustão dos primeiros meses da maternidade se dissiparam.

A jovem senhora voltou a vestir suas belas roupas, sua formosura particular acendeu ainda mais intensa. O Coronel determinou que o berço de Suzana deveria ser alocado em meus aposentos até o primeiro ano de idade, a partir daí a criança teria o seu próprio quarto.

Todo o cotidiano daquela casa ainda voltaria conforme os tempos em que também pousei por lá, porém, por pouquíssimo tempo.

4

É TUDO PORQUE TE AMO

"O amor é violento, o amor é puro
O amor é a resposta, o amor é a cura
Mas o amor pode matar
Se você perde alguém
Nada dura para sempre."
Maria Eduarda

O Coronel voltou para os aposentos do casal, solicitando logo pela manhã que Eleonora levasse todos os seus pertences de volta à alcova. Um prenúncio da luxúria. Naquela mesma noite, ao entrar no quarto, trancou-o e pontualmente às 19h, a *Marcha turca de "As ruínas de Atenas" de Ludwing van Beethoven* ecoou gritando por todas as frestas de todos os cômodos daquela casa.

A noite guardava para Giovanna surpresas, jamais inimaginadas. Ao trancar a porta do quarto e, colocar a sinfonia para tocar, o Coronel observava atentamente Giovanna enquanto ela penteava seus cabelos vestida em uma translúcida camisola branca. Ao virar-se para ele, o mesmo tirou o cinto da calça e pendurou-o em um suporte, tudo rotineiramente normal, até que o Coronel se aproximou de Giovanna e com a mão conduziu-a a levantar-se, ela pensou nos momentos se sedução, no entanto, foi surpreendida com um tapa agressivo em seu rosto, lágrimas quentes verteram rápidas e irreprimíveis.

— Isso é por você ser capaz de amar alguém, mais do que a mim. Esbravejou o marido.

Giovanna chorava levando a mão ao rosto, sem acreditar no que acontecia. O Coronel continuou levando o dedo indicador à própria boca, exigiu silêncio e esbofeteou novamente, desta vez o reverso da mão desferiu a outra face.

– Este é por me deixar tanto tempo sem teus carinhos, sem teu cheiro afrodisíaco, sem teus encantos. Murmurou o cônjuge.

Giovanna chorava tentando manter-se em silêncio, obedecendo o consorte. Que desferiu um terceiro tapa com agressividade.

– Isso é por sua beleza que me enlouquece e, por me obrigar a te dividir com outro ser, por mais que venha de nós. Terei o desafio de isolar a santidade da maternidade e o desejo carnal, quase diabólico que sofro por ti. Falou grave, olhando nos olhos de Giovanna.

Ao perceber o desespero e o assombro no olhar da esposa, recuou.

– Viu? O que você me fez fazer! Privando-me de você. – Você me enlouquece.

A esposa chorava, observando-o, perplexa.

– Perdoe-me Gio. Eu imploro. É o amor que sinto por ti, que me tortura e me arranca a sanidade. Perdoe-me Gio!

Ao som de *Polonaise-fantasie in A-Flat Major. Op. 61 de Chopin*, Giovanna continuava a chorar silenciosamente. O Coronel percebendo que a mulher permanecia imóvel, jogou-se aos seus pés.

– Perdoe-me Gio! Perdoe-me Gio! Perdoe-me Gio! É tudo porque te amo.

E começou a beijar seus pés, a razão de Giovanna dizia que tudo aquilo estava errado, no entanto, sua libido, uma sexualidade construída na luxúria total e no desprendimento do corpo, a convidava a ser a corsa. Prontamente, a jovem mãe romantizou a atitude do marido, e muito embora tentasse resistir, ele sabia como fazê-la render-se aos seus caprichos.

Beijando seus pés, passou a lamber suas pernas, levantou a camisola e foi subindo até chegar à roupa íntima que cobria sua genitália, rasgou-a e passou a lamber e sorver-lhe o clitóris. O corpo de Giovanna respondeu tremendo, era tudo que o Coronel esperava, continuou, afastou levemente as pernas da esposa com as mãos e prosseguiu lambendo e sugando com maior intensidade. Alternando o olhar para a esposa, levantou-se e rasgou-lhe a indumentária, jogando a mulher na cama, despindo-se rapidamente e jogando-se sobre ela, antes mesmo que sua presa pensasse em desvencilhar-se. Giovanna, no entanto, estava rendida e hipnotizada, nem cogitou.

– Te amo, Giovanna!

E seguiu sugando-lhe os seios que tanto odiou dividir com a própria filha. Lambia, beijava e sorvia intensa e insanamente potencializando a libido e lubricidade da esposa. Continuava subindo, beijou-lhe o colo, o pescoço até chegar à boca. Longos beijos quentes, salivas trocadas e línguas se entrelaçaram enquanto Giovanna rendia-se totalmente àquele magnetismo.

— Lembra-se da nossa lua de mel? Do quanto nos amamos? Do quanto te desejei desde a primeira vez que te vi? Lembra?!

Foi assim que Rufino levou e elevou os braços da esposa para mais alto que sua cabeça, fixando-lhe os punhos com sua mão esquerda, voltando a beijá-la e sugando seu pescoço com intenso frenesi. Retornou aos seus lábios e, beijando-a de olhos abertos, percebeu o quanto Giovanna estava domada e submetida aos seus prazeres. Naquela dinâmica que se estabelecia entre aquele casal, ele cravou-lhe subitamente sua virilidade, Giovanna abriu os olhos e ele lambia os próprios lábios observando-a com desejo descomunal, ela o observava com paixão, com a mão direita ele desferiu-lhe um tapa no rosto, não tinha tanta força, porém fazia parte de seu deleite e a esposa aceitou.

— É tudo porque te amo!

Outro tapa.

— É tudo porque te amo!

Outro tapa na outra face.

Os olhos de Giovanna inundaram-se, com volumosas lágrimas que verteram rolando em seu rosto, descendo lateralmente, mas seu corpo continuava correspondendo ao sexo e o frenesi daquele momento, trêmula de prazer com a aceitação do inaceitável que ali se estabelecia.

— É tudo porque te amo!

Outro tapa.

Fitou penetrante em direção aos olhos lacrimosos da esposa, continuando os movimentos frenéticos, lambendo os próprios beiços e alternadamente olhando para o alto, como um lobo, que uiva tendo a presa conquistada.

Foram longas horas para todos nós e, mal podemos dormir, as músicas altas que ocultavam a lascívia e as agressividades ecoaram por toda casa a noite inteira. Na alcova, sob a cama, os tapetes, de bruços com os peitos redondos encostados à sofisticada mesa, escorada na parede, de frente, de costas, na banheira, de volta à cama e de todas as formas Giovanna era consumida até as últimas forças. Desde a última estadia em Copacabana a volúpia não era tão intensa como naquela noite. O ciúme doentio acendia no Coronel uma paixão desequilibrada e, Giovanna, inexperiente, romantizou aquela relação venenosa, confundida pelo desejo, pelo fetiche, sensualidade e, o sonho estúpido dos príncipes encantados, cotidianamente nutrido por uma sociedade patriarcal, difundidos através de filmes, histórias infantis, por homens e tantas outras mulheres.

Finalmente, o sol rompeu as trevas daquela noite enquanto intoleradamente ouvíamos *Moonlight - I, Quasi una Fantasia Op. 27. 2 de Ludwig van Beethoven*. Meu desejo era banhar-me para tentar acordar o corpo, já que a cabeça não parava. Bocas silenciosas andam sincronizadas com mentes barulhentas, meus pensamentos não deram trégua.

5
VOCÊ ME PROVOCOU

"Esses prazeres violentos têm fins violentos,
E morrem em seu triunfo, como o fogo e a pólvora,
que, ao se beijarem, se consomem.
O mais doce mel repugna por sua própria doçura,
eu seu sabor confunde o paladar."
Romeu e Julieta - William Shakespeare

Com a aurora do dia, tive certeza que o vulto não se tratava de uma imaginação da minha cabeça, as vestes eram femininas e passou andando muito rapidamente, tentando não levantar suspeitas, não foi possível identificar, se a noite não tivesse sido tão exaustiva e, naquele momento finalmente não colocasse Suzana para dormir, não teria visto o tal vulto, tão pouco, conseguido identificar que se tratava de uma mulher.

Pouco depois fui surpreendida com o Coronel batendo a minha porta, trajado em um terno com a elegância de sempre.

– Sim Coronel. Em que posso lhe ser útil?

– Acredito que Giovanna dormirá demasiadamente. Não deixe que ela passe do meio dia. Acorde-a para que faça sua higiene e se alimente. Diga-lhe que fui à igreja, temos que providenciar o registro e o batismo de Suzana. Vou providenciar a parte burocrática e a noite, as 18h pontualmente informarei a todos como se dará a recepção pós batismo.

Suzana acordou poucas vezes e, ao meia dia, fui aos aposentos dos mancebos acordar Giovanna.

Fiquei perturbada e não fui capaz de esconder meu abalo ao ver vários hematomas espalhados pelo corpo de Giovanna.

– Giovanna querida! O que aconteceu com você. Seu corpo está repleto de marcas. O que aconteceu? Olhe seus braços, pernas e pescoço… o que aconteceu? Perguntei aflita.

A jovem enroscou-se nos lençóis levantando-se sobressaltada de modo a olhar-se no espelho, analisou os próprios braços, levantou o lençol examinando também suas pernas.

– Nicinha, vou tomar um banho. Por favor me ajude, pegue vinagre e sal, pegue também meus cremes e o pós de arroz que uso para o rosto, vamos minimizar isso!

– O que aconteceu com você Giovanna? Seu rosto parece inchado.

– Não. E sorriu feliz. – É impressão sua. Meu rosto está normal. Vamos, por favor! Pegue o que pedi. Após o banho conversamos.

Quando voltei, um requintado e longo vestido em tons escuros como o vinho estavam sobre a cama, golas altas e mangas longas, tão bonito quanto sofisticado, renda e seda costuraram cumplicemente as intenções de Giovanna em ocultar as muitas marcas do sexo libertino em sua pele. Fizemos várias compressas durante horas, ajudei a maquiar o pescoço e o rosto, por fim, ela colocou um batom rosa e contornou o pescoço com um sofisticado lenço, escondendo finalmente, todas as marcas visíveis deixadas naquela noite.

Fiquei horrorizada, sabia que algo bom não se passava e, mais ainda, com a forma em que Giovanna se portou diante do que ocultou.

Quase todos na casa estavam visivelmente cansados, Giovanna fez uma refeição em que pude observar o olhar amuado de Eleonora em direção a senhora da casa. E não me contive.

– Há algum problema Eleonora?

– Tirando não podermos dormir! Falou ironicamente.

Giovanna olhou para mim e retomou a refeição.

– Que estranho. Sua casa fica nas dependências mais distantes e privativas da fazenda.

– Mas o barulho noturno ecoou a noite inteira. Respondeu rispidamente.

Estranhamente, não consegui acreditar em sua exposição, mesmo que plausível, sua fala estava carregada de despeito e sarcasmo.

A tarde demorou a passar, o desejo de dormir era intenso, propositadamente também acordei Suzana e brinquei com ela a tarde inteira, tentando com sucesso fazer da nossa próxima noite, um descanso tranquilo.

Às 17h30 minutos, a mesa para o jantar já estava posta e, às 17h50 minutos o Coronel chegou. Pontualmente às 18h começamos a jantar, durante a refeição o sr. Benevides entregou para Giovanna o registro de nascimento de Suzana. Comunicou também que tínhamos 15 dias para preparar uma festa logo após o batismo de sua primogênita. Enquanto fazíamos nossa refeição, os três permaneciam em pé aguardando as solicitações do Coronel e, consecutivamente, ouvindo o pouco diálogo que ali se estabelecia. Depois do deslumbramento com o luxo e as manias sofisticadas do chefe daquela família, sobretudo, depois daquela noite, passei a observar toda a subserviência de todos os empregados daquela casa, bem como, por toda a fazenda.

– Quero tudo lindo, Suzana deve ter sempre o bom e o melhor. Falou soberbamente.

Giovanna sorriu iluminando o resto.

Logo após o jantar, nos recolhemos todos aos nossos aposentos, Suzana mamou dormindo, assim como, permaneceu em sono profundo por toda a noite.

Às 19h *Piano Sonata No. 2 in B-Flat Minor. Op. 35: I. Grave. Doppio movimento de Chopin* foi ouvido em um volume agradável. Já no quarto, Rufino aproximou-se de Giovanna e beijou-lhe os lábios.

– Percebi que ocultaste as evidências da nossa paixão.

– Tive vergonha. Falou a jovem senhora baixando a cabeça.

– Não há vergonha no amor. Porém minha amada, o que acontece entre marido e mulher deve permanecer entre quatro paredes. E continuou.

– Soube que caminhava pela fazenda hoje à tarde e colheu as flores que adornavam nosso maravilhoso jantar. E que na colheita das flores alguns empregados da fazenda observavam sua beleza e, que até um se propôs a ajudá-la. Você sabe que não gosto dessas cortesias, de outros homens se oferecendo a você. – Não sabe?

– Você bem sabe que sou somente sua. Falou Giovanna aprovando e alimentando ainda mais a autoridade do Coronel sobre ela.

– Ou minha amada, sua pele! Falou passando a mão delicadamente a face da esposa.

Abraçou a esposa, beijou-lhe os lábios quentes, a troca de salivas, as línguas se enroscando e valsando em suas bocas. Lentamente com a música ele a conduziu até a ampla escrivaninha e escorou-a.

– Suas pernas, deixe-me vê-las como estão? - Solicitou como se precisasse de permissão.

Abaixando-se, levantou parte de seu vestido. Virou-a lentamente de costas deitando-a sobre o móvel. Levantou ainda mais o vestido. Rasgou-lhe a roupa íntima deixando um vergão em sua pele.

– Ai. Sussurrou a Giovanna.

– Silêncio querida, precisamos deixar que os demais durmam. – Xiiiiiiii.

Lentamente, desafivelou e retirou o cinto, desabotoou a calça, abriu o fecho-eclair. Aquele ritual lento e silencioso parecia excitar a esposa. Ela esperou os carinhos introdutórios que tanto a acendiam. Mas, foi surpreendida.

O Coronel cravou inesperadamente e impetuosamente sua varonilidade por trás, com tamanha força e robustez de modo a satisfazer seus instintos doentios, a esposa protestou.

– Ai Rufino. Falou um pouco mais alto.

– Xiiiiiiii querida. Não podemos acordar os outros.

Pousou com relativa força uma de suas mãos sobre as costas de Giovanna, fazendo-a sentir os próprios seios sobre a mesa. Com a outra mão tapou-lhe a boca. E com força continuou a projetar com movimentos frenéticos o órgão sexual já inserido na mulher.

Giovanna em vão tentou resistir. Com a boca tapada tentou gritar sem sucesso. Seu grito continuou abafado e permaneceu sufocado pela mão forte do marido, enquanto ela chorava copiosamente horrorizada, ele deleitava-se de prazer lambendo e mordiscando os próprios beiços. Enquanto continuava com demasiada força e movimentos rápidos até aquele gozo final.

– Você me provocou… você me provoca. Sou seu marido, seu senhor. Não permito que dê cabimento a qualquer um homem que seja. – Está me ouvindo? Sussurrava ao ouvido de Giovanna, enquanto permanecia sobre suas costas, tapando-lhe a boca.

– É tudo porque te amo. E continuou.

– Isso é cuidado que todo marido que ama sua esposa deve ter. – Você me provocou… provoca meus desejos mais selvagens e com outros homens não será diferente. Tens tudo que precisa comigo.

– É tudo culpa sua. Da sua beleza e do teu corpo que treme de prazer. Nasceste para ser senhora, minha senhora, minha mulher. És também minha amante.

– É tudo porque te amo. E continuou.

– Você me provoca. Teu corpo. Tua juventude.

Soltou suas costas, destapou sua boca e virou-a colocando-a de pé e de frente para ele.

– Rufino, você me machucou. Sussurrou enquanto as lágrimas rolavam.

– Não meu amor. Minha querida, não te machuquei, isso é comum entre os casais que se amam e que seus corpos são livres para amar. Marido e mulher são assim. Falou enquanto beijava suas lágrimas.

Aos poucos desabotoou o vestido da esposa, despindo-a totalmente, deitando-a sobre a cama com cuidado. Despiu-se lentamente também e, com delicadeza e carinho – totalmente diferente do sexo violento e sem permissão –, acendeu o corpo da esposa, fizeram amor como da primeira vez e como se nada tivesse acontecido.

– Vovó Nicinha, pelo amor de Deus! Minha avó foi estuprada. Meu avô estuprou minha avó! Falou Sabrina horrorizada colocando a mão sobre a boca enquanto as lágrimas caiam rapidamente.

– Sim Sabrina. Sua avó foi violentada pelo próprio marido muitas e muitas vezes. Todas as espécies de violências. Continuou Nicinha.

– Mas ele, durante muito tempo a convenceu que aquilo tudo era normal entre os casais e que deveria permanecer sempre entre aquelas quatro paredes. Foi estabelecido alí uma relação tóxica, ele um narcisista psicopata e ela, uma dependente emocional, era descomunal; ele a convencia cotidianamente de que ela o provocava, que tudo era culpa dela e, tudo que fazia era por amor e, ela, uma menina em um corpo de mulher, ingênua, inocente, cega diante da servidão, acreditava.

– Minha avó nunca te contou nada Vovó Nicinha? Inquiriu Sabrina.

– Sim. Algum tempo depois, quando já era impossível esconder as violências e, depois, quando finalmente entendeu que estava tudo errado, quando apenas passou a temer pela própria vida.

– E meus bisavôs? Não sabiam?

– Não. Eu desconfiava, mas não podia falar nada sem ter certeza. Só vieram a saber verdadeiramente, algum tempo depois.

6
É TUDO CULPA SUA

O batismo de Suzana ocorreu na igreja matriz de Triunfo, uma linda manhã de verão, após o ritual religioso, todos os familiares foram conduzidos à fazenda dos Benevides, onde uma luxuosa e requintada recepção previamente arranjada por todos nós aguardava os convidados, familiares e amigos do Coronel. Foi uma das poucas vezes que os Porto Cavalcante estiveram presentes em sua totalidade naquele lugar, sr. Viriato e sra. Gertrudes, Ludovico e Gioconda Dulce, que estava grávida da primeira filha e, também, o dr. Gianne Porto Cavalcante.

Embora pálida, o coração de Giovanna começava a se acalmar normalizando as violentas carícias matrimoniais. Estava radiante com a filha nos braços em um longo vestido rosa em renda francesa e organza, fluído assim como as mangas longas também em organza, as golas sempre altas cobriam as marcas que foram se solidificando no corpo e na alma. Suzana também vestia rosa, tal qual a mãe, ambas estavam lindas e o Coronel, constantemente ao lado da esposa e filha, visivelmente para mim, ele controlava a liberdade de Giovanna, evitando que ela se demorasse em qualquer conversa, com qualquer pessoa que fosse, o que se tornou inevitável, dada a quantidade de convidados que ele mesmo propôs.

Os amigos do Coronel admiravam a beleza de Giovanna observando-a com relativa cobiça e, tais olhares inquietam o sr. Benevides. Os familiares queriam saber da netinha e sobrinha, do matrimônio, sobre Suzana havia sempre muito assunto, no entanto, ao tratar do próprio casamento, Giovanna sempre desconversava com outros assuntos até conseguir se afastar.

A sra. Gertrudes me pediu que eu a acompanhasse até a fazenda dos Porto Cavalcante, como foi um pedido fora dos dias combinados, pedi permissão ao Coronel que consentiu prontamente.

Ao final daquela manhã, todos foram embora da fazenda com muitos elogios à beleza e qualidade da propriedade, da ilustre família constituída pelo Coronel, especialmente, a linda esposa e a adorável filha há poucos meses nascida.

Assim que todos saíram e que Giovanna cuidou de Suzanna alimentando-a e colocando para dormir em seu berço que ficava em meu quarto, o gramofone começou a tocar, a esposa logo obedeceu, saindo e fechando a porta do quarto em que a pequena se encontrava. Todos os empregados que ainda restavam no casarão em seus afazeres logo concluíram e foram para suas casas, Giovanna por sua vez, já cogitava em seus pensamentos que a lascívia logo se iniciaria. Seu corpo tremeu e uma dúvida lhe ocorreu. Sexo ou castigo?

Ao entrar nos aposentos do casal, a jovem observou o esposo sentado próximo a mesa lateral com um copo de uísque na mão, em que bebia e colocava o copo para repousar a mesa enquanto mantinha o olhar perdido como se pensasse em algo. Giovanna beijou seu rosto e em seguida se dirigiu ao quarto de banho. A esposa refrescava-se do calor de verão na banheira, como também perfumava sua pele com os sabonetes finos e óleos que tanto gostava, teve a sensação de ser observada, levantou-se, olhou pela janela e voltou ao banho, o Coronel acompanhava a cena sem que ela percebesse, ambos eram observados.

No quarto, a *Ode BWV 198 & Cantates de Johann Sebastian Bach* era um prenúncio.

Giovanna foi surpreendida com um puxão agressivo em seus cabelos, arrastada até o quarto e jogada violentamente sobre a cama. Quando pensou que se tratava de alguma das fantasias do marido entrou em desespero ao vê-lo tirar o cinto da calça rapidamente.

– Não Rufino, por favor meu amor!

– Quem você olhou pela janela? Contem-me agora! Ordenou o marido.

– Só ouvi um barulho e olhei pela janela. Não há ninguém Rufino!

– Mentira. – Está mentindo!

E desferiu uma chicoteada com o cinto em direção ao seu rosto, que Giovanna amorteceu com as mãos.

– Não Rufino, pare por favor!

Ele não parou.

Foram muitas pancadas por todas as partes de seu corpo, pernas, braços, costas, abdômen, seios, pescoço, o cinto não poupou a menina Giovanna e não parava, em reciprocidade a ira e violência do marido.

– Não! Suplicava a esposa.

– A culpa é sua! Esbraveja o marido.

E quando se cansou de bater com o cinto, montou sobre aquela mulher e desferiu-lhe socos, tapas e bordoadas.

– Uma cena tão horrenda quanto monstruosa, que me parecia impossível de ser imaginada, até que eu mesma cuidei de Giovanna.

– Não... não... não! Implorava.

– A culpa é sua! Vociferava o sr. Benevides.

Quando sentiu que já não mais apanhava e pensou ter se libertado das violências daquele dia, Rufino a puxou pelos cabelos e empurrou-lhe sobre uma das mobílias do quarto, penetrando-a inesperada e violentamente, Giovanna lutava e chorava inconsolável enquanto ele a dominava, esbofeteando sua face, lhe mordendo, ao mesmo tempo que impulsionava o corpo fortemente para frente e para trás até saciar-se em sua doença mental, moral e sexual.

– Por acaso não lhe dou tudo que desejas? – Não satisfaço seus desejos de mulher? – A culpa é sua!

Esbofeteou-a na face novamente.

– Isso é para você aprender a se comportar como uma senhora casada e não dar nenhum tipo de permissão a quem quer que admire sua beleza. Bradou jogando a mulher violentamente ao chão.

Giovanna permaneceu sobre o tapete por longo tempo. Nua do corpo e da alma. Completamente despida. Totalmente violentada. Uma circunstância nunca imaginada, por nenhum de nós.

Estranhei ao chegar e me deparar com um silêncio sepulcral no casarão e, mais ainda ao entrar em meu quarto e ver o Coronel acarinhando e brincando com Suzana. Fitou-me nos olhos com semblante enigmático e ordenou-me.

– Gio necessita de seus cuidados em meus aposentos. E você, para o bem-estar de todos, carece de descrição.

Senti um frio na espinha. Mais do que um constrangimento, aquela ordem tinha um tom ameaçador. Assenti com a cabeça e saí prontamente do quarto.

Meus pés estavam pesados e meu coração palpitava rápido, me senti sufocada e quase sem ar, demorei muito para chegar aos aposentos do casal e me choquei ao deparar-me com Giovanna nua em posição fetal sobre um dos tapetes persas que ornamentavam aquele luxuoso cômodo. Me aproximei, não tardando a perceber tantos hematomas espalhados pelo corpo da menina Gio, imediatamente me banhei em lágrimas só de imaginar como ela poderia ter chegado àquele estado. Vergões, mordidas, manchas de sangue, arranhões e em seus olhos, além do choro, as marcas da violência também se revelavam.

– Gio, o que aconteceu?

Ela não pronunciava uma só palavra. Apenas chorava copiosamente em silêncio. Com muita dificuldade consegui levantá-la do chão e levá-la até o quarto de banho. Coloquei água fria na banheira e a banhei como um bebê. Busquei vinagre e sal, fiz compressas, usei pedras de gelo algumas vezes. Gio permanecia calada e em lágrimas. A tirei da banheira. A enxuguei. A vesti com uma de suas camisolas de cambraia de linho e rechilieu. Levei-a até a cama e tentei preparar-lhe um caldo para que tentasse recobrar as forças e me falar algo. Em vão.

Evidentemente eu sabia que o Coronel tinha tudo a ver com aquilo. No entanto, um silêncio mórbido pairava por toda a mansão.

Giovanna permaneceu isolada em seu quarto por mais de quinze dias, da cama para o quarto de banho, do quarto de banho para a cama, da cama para a mesa. Totalmente em silêncio e eventualmente chorava. O Coronel todas as noites e manhãs ajoelhava-se aos pés da cama, pedia perdão, fazia súplicas, juras de amor, declarava sua paixão, sua loucura por Gio e prometia que aquilo nunca mais se repetiria. Comprou-lhe inúmeros presentes, vestidos, jóias, lenços, perfumes e óleos essenciais, assim como, para a pequena Suzana que não tinha a menor ideia do que sua mãe suportava.

– Não houve Sabrina, nenhuma estranheza de minha parte quando o Coronel me informou, que dali por diante, não havia necessidades das minhas visitas ao casarão dos Porto Cavalcante e, que ele mesmo daria notícias do bem estar de Gio, Suzana e, consecutivamente meu. – Tentei manter a emoção sob controle, evocando razão, sabedoria e silêncio. Gio era refém de Rufino e, de algum modo, eu também. Como seria possível nos desvencilharmos daquela trágica situação?

Depois de quinze dias e, aos poucos, Gio voltou a circular pelo casarão. Do quarto para ver Suzana. Circulava na sala de jantar nos momentos das refeições e voltava novamente para o quarto.

O Coronel lhe cobria de excessiva gentileza, carinho e cortesias. Um manipulador emocional excepcional, primeiro deu-lhe o céu, conquistando sua confiança; depois deu-lhe o inferno, revelando quem era de fato; e agora, tentava novamente dar-lhe o céu, de modo a tê-la de volta com alegria para seus caprichos; evidentemente, caso Gio cedesse, não tardaria para devolver-lhe o inferno.

Eleonora observava desdenhosa sem medir a indiscrição. Eu observava tudo com muito cuidado e desconfiança. Leopoldo, quando estava no casarão, entrava e saia em uma neutralidade teatral. Joaquina, sempre com olhar frio e indiferente. Uma situação que era impossível identificar com quem eu poderia contar naquela casa para nos ajudar, já que Timóteo não vinha mais me buscar para as visitas no casarão dos Porto Cavalcante.

Foi em uma manhã de outono, naquele suntuoso jardim em que o Coronel carregou Giovanna no colo em um rito de sedução pós cerimônia matrimonial, que ela se arriscou em levar Suzana para um banho de sol, eu a acompanhei, o Coronel ainda não tinha saído para seus compromissos de negócios.

Observei Gio suando frio e, até um pouco nauseada, especialmente depois do café da manhã. Parecia mais pálida do que já aparentava nos últimos dias. Foi sussurrando que ela me disse:

– Segure Suzana.

Mal fui capaz de pegar a criança e a jovem senhora desabou.

– Socorro, socorro, alguém nos ajude. Por favor, Giovanna desmaiou.

Alguns empregados da fazenda correram em nosso auxílio, porém o sr. Benevides chegou mais rápido.

– Não se aproximem, nem toquem em minha senhora. Deixe que eu a socorro.

Os empregados recuaram constrangidos e eu também me constrangi, mas o Coronel tomou Giovanna em seus braços e levou-a até os aposentos do casal, eu os acompanhei com a pequena Suzana ao colo.

Enquanto caminhava, me dei conta que há muitas semanas não via o jovem empregado que colheu flores para Gio em outro episódio. Fiquei inquieta e pensei estar exagerando em minhas suspeitas.

Era real, Giovanna estava grávida mais uma vez. O Dr. Cícero Caetano, comunicou a boa nova ao pai, dando conta de ao menos dois meses de gravidez. Em particular, o médico convidou o amigo para uma conversa.

– Amigo Coronel Rufino Benevides, peço-lhe desculpas, nas minhas observações e, que não pareça nenhuma espécie de invasão a sua intimidade. No entanto, observei algumas pequenas marcas na pele de sua senhora e, alguns hematomas também. E continuou.

– Há alguma coisa que eu deva me preocupar com a saúde de sua esposa ou da criança que ela espera em seu ventre?

– Que é isso caro amigo? Que pergunta é essa? Replicou prontamente a interrogação do médico com outra interrogação. E prosseguiu.

– Claro que não!

– Pois bem. Cuide dos excessos na intimidade, a sra. Benevides parece fraca e muito indisposta. E bem conheço sua fama insaciável de garanhão dados os bordéis que muito frequentamos na juventude.

– Não se preocupe! Eu sei cuidar de Gio.

– Que muito bom. Assentiu com o chapéu e saiu.

7
O CÁRCERE

Giovanna recebeu do Dr. Cícero Caetano, a confirmação da grávidez, não era novidade, ela suspeitava há dias.

Chorou silenciosamente com a mão ao rosto e, o médico débil, acreditou que era emoção.

Era desespero.

Quando o tal doutor saiu dos aposentos, finalmente Gio rompeu seu silêncio.

— Nicinha, precisamos conversar. Mas somente quando Rufino sair e, quando Eleonora e Joaquina forem para suas casas. Sussurrava inaudível.

— Seremos rápidas, melhor um pouco de cada vez.

Suzana chorou e logo o sr. Benevides entrou no quarto.

— Tenho negócios na cidade, de lá passarei um telegrama para sua família informando que a família Benevides está crescendo.

Giovanna concordou com a cabeça.

– À noite conversamos. Falou o Coronel e saiu em seguida.

O resto do dia passou lentamente, tanto eu cuidava de Suzana, quanto espreitava se Eleonora e Joaquina já tinham se recolhido.

Às 17h finalmente consegui entrar nos aposentos dos Benevides.

– Fale, Gio. Me conte o que está acontecendo.

– Não há tempo Nicinha. E não podemos ser vistas conversando nada mais que o trivial. Não confio em ninguém. Vejo vultos. Acreditei estar vendo coisas. Mas é real, alguém me espiona. Decerto que Rufino tem modos estranhos com carícias um pouco violentas.

– Modos estranhos com carícias um pouco violentas! – Você enlouqueceu? – Este homem te bateu horrivelmente. Há pouco mais de quinze dias estamos cuidando de você e, nem sabemos se essa criança que carrega em seu ventre está bem de fato. E prossegui.

– Meu Deus Gio. Não percebe que este homem é doente?

– Ele me pediu perdão. Muitas vezes. Afirmou estar arrependido. É pela vida dessa filha que preciso ser hábil. – Ele me ama. Eu o provoquei. Foi culpa minha.

– Você enlouqueceu? Ele te espanca e a culpa é sua. Isso pode ser qualquer coisa, mas não é amor. O amor não é violento, nem amedronta. Tão pouco submete. Olhe para você!

– Ele me pediu perdão.

– E você perdoou? Meu Deus!

– O que me sugere que eu faça? Me indagou. E prosseguiu.

– Nicinha, entenda. Rufino fica mais violento, como se alguém falasse coisas para ele e, de algum modo, incendiasse o seu ciúme. Tente descobrir, ver ou escutar alguma coisa que possa ajudar-me a evitar e proteger-me. – Por favor, Nicinha.

– Pensei que você queria que eu preparasse um plano de fuga. Falei desapontada.

– Fuga! Como vamos fugir comigo grávida e com uma criança de colo?

– Não é fácil. Mas também não é impossível. No entanto, farei o que você pedir. Vou espionar. Enquanto isso, cuide-se. Mas lembre-se, sempre há outro caminho. E acredite, Deus não nos criou para sofrer. Deus nos criou para sermos felizes. O sofrimento como redenção é uma história mal contada por homens brancos, que submeteram cruelmente e escravizaram índios, negros e mulheres ao logo da história. Nós sempre podemos encontrar uma outra saída.

– É hora de você ir Nicinha. Rufino logo chegará.

Não tardou, Eleonora e Joaquina pontualmente às 18h retornaram ao casarão de modo a colocar a mesa para o jantar.

Na sala de jantar, o ritual de sempre, o sr. Benevides na cabeceira, Giovanna ao seu lado esquerdo e eu do lado direito. No mesmo lado da mesa, em pé e atrás de mim ficavam Leopoldo, Eleonora e Joaquina.

O Coronel parecia animado e comunicou que dois dos quartos do casarão seriam reformados, um deles para Suzana e o outro, para o filho que aguardava. Comunicou olhando para Gio com ternura, como se fosse possível. Falou ainda, que assim que o quarto estivesse pronto eu deveria começar a transição da bebê para os novos aposentos.

– Tão cedo! Giovanna rompeu o silêncio.

– Sim. É necessário disciplina desde o início. Crianças são como livros em branco, os pais que escrevem essa história.

Após o jantar, nos recolhemos aos nossos aposentos. E depois de mais de quinze dias, o gramofone voltou a tocar. O que me causou arrepios. Eu ainda não sabia dos motivos que envolviam o toque daquele som.

A *Ode a Alegria - 9ª Sinfonia de Ludwig van Beethoven* ecoou pela casa. Não estava tão alto. No entanto, tudo naquela casa me aterrorizava e me inquietava. Pouco tempo depois, percebi o vulto passando rápido pela janela, mas não fui ágil o suficiente para ver de quem se tratava.

Giovanna não estava louca, alguém não só a observava, como os observava.

No quarto, o sr. Benevides declarava seu amor por Giovanna lhe trazendo mais presentes. Aproximou-se dela, que escrevia poemas sentada à escrivaninha e disse-lhe:

– Querida. Nossa família está crescendo. Já é tempo de você me perdoar. Quando me brindará com seus carinhos? Perguntou docemente próximo ao ouvido de Gio, como se precisasse de seu perdão.

E ali mesmo começou seu ritual de sedução, soprando quente, mordiscando e beijando as orelhas e o pescoço da esposa. Pegou a senhora pela mão, levantando-a e conduzindo-a até a cama. Convidou-a a sentar. Ela obedeceu. Ele ajoelhou-se, prometeu amor eterno e começou a tirar seus sapatos, depois suas meias. Deitou seu corpo e levantou seu vestido. Começou a beijar-lhe os pés e foi subindo, lambendo e beijando vagarosamente suas pernas, deliciando-se com sua presa rendida, tão vil, quanto primitivo.

Continuou seu jogo de sedução e tirou-lhe a roupa íntima. Levantou as pernas da mulher colocando seus pés sobre a cama, muito próximo as nádegas e mergulhou os lábios quentes em sua genitália. Pouco tempo depois, a cônjuge se contorcia e gemia de prazer. Ele a virou de costas e pôs-se a desabotoar seu vestido, abrindo e beijando suas costas, seu pescoço, sua nuca. Em pouco tempo Giovanna estava despida e ele também. Virou-a de frente para ele e seguiu beijando-lhe ardemente os lábios, seu pescoço e depois desceu até os seios, sugando-lhes intensamente. Habilmente, virou-se trazendo a esposa para cima de si, colocando-a em posição de galope e conduzindo seu quadril a movimentos frenéticos, cada vez mais rápidos até regalar-se de prazer.

– Senti tanto sua falta Gio, do seu corpo, dos seus beijos. Te amo Gio.

Ela acreditou.

Naquela noite todas as formas do sexo foram exploradas para o deleite do Coronel. Ele queria ser servido. Gio queria servi-lo, ela acreditava ser culpada por provocar as violências que ele cometia. Tentava ser uma boa esposa e, acreditava fazer isso atendendo seus caprichos.

Durante as oito semanas em que aconteceu a tal reforma, Gio e Rufino viveram uma segunda lua de mel em seus aposentos, a paz parecia reinar naquele casarão. Enquanto os dias eram consumidos pela obra na casa, durante as noites, a luxúria era intensa entre os dois. Gio mal saia do quarto, estava sempre cansada, indisposta, sonolenta, enjoada, a barriga crescia e tudo lhe parecia normal.

Com o fim da reforma, Rufino trouxe da capital uma famosa costureira que fazia enxovais para bebê, ele queria que Giovanna desse orientações do que pretendia para o enxoval do segundo filho do casal, assim não teria que ausentar-se do casarão. A mulher foi até a fazenda acompanhada de seu filho, que fortuitamente observava a beleza de Giovanna, ela nem notou, como de nenhuma das outras vezes que o Coronel fantasiou.

No começo da noite, durante o jantar tudo parecia normal, nos recolhemos e, precisei voltar à cozinha para pegar água, foi quando vi Eleonora sussurrando ao ouvido do sr. Benevides que logo ficou transtornado. Voltei imediatamente tentando não fazer barulho e tranquei a porta.

19h - *5ª Sinfonia em Dó Menor Op. 67 ou Sinfonia do Destino de Ludwig van Beethoven.*

Era Eleonora que incendiava os ciúmes do sr. Rufino Benevides. Mas porquê?

Orei durante toda a noite, clamando ao bom Deus que a menina Gio não sofresse nenhuma violência. Quem poderia prever o que se passava por aquela cabeça doente?

O marido ao entrar no quarto foi recebido com a doçura que lhe era habitual. Ele aplicou-lhe um violento tapa no rosto fazendo-a cair sentada sobre a cama. Ela fechou os olhos, colocou uma das mãos na barriga e a outra esticada tentando proteger a face e sussurrou chorando:

– Não Rufino. Estou grávida. Nosso filho!

Ele recuou.

– Porque você deu cabimento ao filho da costureira?

– Estás louco!

– Se você não tivesse dado qualquer tipo de liberdade, ele jamais ficaria olhando para você. – Porquê Gio? – Por acaso eu não lhe dou tudo e muito mais que deseja uma mulher?

Ele levantou a mão novamente.

– Não Rufino. Você me pediu perdão. Jurou amor e prometeu que nunca mais faria o que fez. E prosseguiu.

– Estás louco. Eu não olhei para homem algum. – Estás cego. Que louco e qual motivo incentiva tanto o teu ciúme contra mim?

Ele recuou. Levou as duas mãos à cabeça. Tentou pensar e falou.

– Perdoe-me, minha querida. Estou cego de paixão e não consigo pensar.

Tomou a mulher pelas mãos, lhe convidando a valsar pelo quarto, aos poucos foi despindo a esposa e por fim tirou a própria roupa, começou a beijá-la dando início a lascívia. Com as mãos escoradas na parede fria, Giovanna sentia seus seios e também sua barriga, como um animal selvagem, ele lambia seu pescoço, suas costas, mordiscava seus glúteos, subia novamente beijando seu pescoço e apalpava seus seios, enquanto esfregava seu corpo nú no de Giovanna.

– Seria tudo tão natural. E por acaso o sexo não é natural entre pessoas que se amam? Que se desejam. Claro que sim. Mas entre aquele casal não existia amor. Tratava-se de um mutualismo, a psicopatia dele era alimentada pela dependência emocional dela. Nada fazia sentido para mim. Nada era natural. Principalmente, as violências. O sexo excessivo já denunciava um desequilíbrio. Todo excesso esconde uma falta e, o marido de Giovanna era desprovido de compaixão e de muitos outros valores.

A noite continuava ardente, até que Rufino pôs Giovanna sentada sobre a mesa, colocando suas mãos para trás e amarrando-as com lenços, olhou-a profundamente em seus olhos, segurou firme seu pescoço mantendo seu olhar preso ao dele, uma lágrima rolou, ele abriu suas pernas e penetrou-a freneticamente.

– Não, Sabrina. Não era natural. Aquilo definitivamente não era amor em nenhuma espécie de convivência entre casais. Era animalesco e doentio demais.

Passou a segurar suas costas mantendo os movimentos e deu-lhe outro tapa na face.

– Quem é o homem que te dá prazer?

– Você, Rufino.

Outro tapa.

– Quem te satisfaz?

– Você, Rufino.

Outro tapa.

– Você vai olhar para mais algum homem em sua vida que não seja eu.

– Não, Rufino. – Você é meu marido. Só você!

Outro tapa.

Lágrimas quentes e volumosas rolaram rápidas do rosto de Giovanna e ele urrou deleitando-se de prazer.

No dia seguinte, quando acordou, Gio observou que na mesa do quarto tinha água, frutas, uma refeição posta e coberta. Bem como, um bilhete.

Amada Gio,

Vamos evitar surpresas, melhor que você permaneça em nosso ninho de amor, descanse, você e nosso filho, leia seus livros, escreva suas poesias, te vejo a noite.

Do seu,
Rufino.

Quando tentou sair do quarto, Giovanna percebeu-se trancada. Tentou forçar o trinco sem sucesso. O que ela ainda podia esperar daquela união?

– Sabe Sabrina... mesmo depois de tantos anos, ainda hoje vejo tantas mulheres passando por situações semelhantes a da sua avó. Naquele tempo as coisas eram mais difíceis, mais ocultas, homens doentes como o Coronel Rufino Benevides faziam tudo que queriam sem nenhuma espécie de punição, utilizando-se, inclusive da lei em seu favor. E por acaso, ainda hoje não há uma relativa normalização da violência contra a mulher? Fala-se tanto de empoderamento, contudo, emocionalmente nos falta tanto e socialmente também. Fomos tão roubadas e as respostas que temos são tão pífias. Veja sua própria mãe. É mais fácil uma mulher sentir empatia por um agressor afirmando que a mulher só apanha porque provoca o cônjuge. Do que alguém que denuncie. Que socorra. Indique amparo emocional. Tanta competição socialmente estimulada. Tantos anos se passaram e, tão pouco, mudou. Somente independência financeira e autonomia para ir e vir mudou de fato e, de forma desigual. Homens ainda ganham mais, mulheres ainda temem sofrer violências e, o estupro é tão real quanto banal. E no mais..., quantos homens tentam calar a opinião das mulheres? Na escola, no trabalho, nas relações sociais mais comuns e na política.

Nos meses que se seguiram, Giovanna foi mantida encarcerada no próprio quarto, servindo noturnamente ao marido, tal qual uma escrava sexual.

Em uma noite estrelada no final de uma primavera atípica, durante um dos deleites de Rufino, Giovanna entrou em trabalho de parto. Desta vez o sr. Benevides teve que destrancar a esposa.

Já pronto para buscar o médico com Leopoldo, bateu à minha porta e me pediu que cuidasse de Giovanna.

Ao entrar no quarto fiquei horrorizada em ver inúmeras pequenas marcas no corpo de Gio. Braços, pernas, pescoço, mãos e pés. Somente o rosto lhe escapava quase intacto, se não fosse pequenos inchaços nas bochechas que inicialmente julguei ser da grávidez.

Levei-a à banheira, dei-lhe banho, enxuguei seu corpo e por fim, vesti-a com uma das poucas camisolas que lhe restava. Lentamente caminhamos até a cama, Gio deitou e falou:

– Trame a fuga. Precisamos ir para longe deste lugar. Se eu permanecer aqui, certamente morrerei.

– Jesus Gio.

– É verdade Nicinha. Não sei o porquê de tamanha ira, tanto ciúmes. Rufino me matará.

– Pelo amor de Deus Gio, tente manter-se viva. Tome todo cuidado quanto possível. É Eleonora que incendeia os ciúmes do Coronel, só descobri na noite em que ele te trancou.

– Mas por que?

– Não sei!

– Meu Deus! Não sei se o resguardo me protegerá de mais violências.

– Deus te proteja!

Pouco tempo depois, Eleonora entrou no quarto com bacias e toalhas, nos comunicando com tom altivo e ar de superioridade, que levaria as coisas do sr. Benevides para o quarto de sua falecida mãe.

Algumas horas depois, o Coronel chegou com Leopoldo trazendo o dr. Cícero Caetano, que logo deu início aos cuidados à Giovanna que já se encontrava a horas em trabalho de parto. Ao final de dois prolongados dias, Giovanna estava exaurida, fruto de um parto tão difícil quanto doloroso; do corredor, da sala de estar, jantar e cozinha, da varanda e de qualquer lugar daquele casarão acompanhamos os gritos, choros e pedidos de ajuda até que Stela viesse ao mundo numa tarde de 19 de dezembro 1942.

Uma menina raquítica e aparentemente muito frágil. Giovanna não foi capaz de alimentá-la. Cogitei tantos motivos, a clausura, os excessos sexuais, as violências e o péssimo estado emocional que a menina Gio se encontrava. A jovem mãe não tinha leite suficiente para amamentar a própria filha.

As primeiras semanas foram torturantes, a criança chorava dia e noite. O Coronel se irritava profundamente com tudo, foi somente ao final da segunda semana após o nascimento de Stela que Leopoldo conseguiu uma ama de leite. Elenice, uma mulher recém parida, irmã de Eleonora, que morava em um sítio distante de Serra Talhada, trazida a pedido do Coronel para alimentar Stela, que lhe ofereceu emprego e também ao seu marido, Teófilo.

Suzana já dormia a noite inteira e, conforme as ordens do Coronel, permanecia em seu quarto sozinha. Stela pouco teve contato com Gio, Elenice foi instalada no quarto de Stela com seu filho e a filha caçula do Sr. Benevides, de modo a amamentar o filho e a recém-nascida. Eu fiquei responsável pelos cuidados com Suzana e Giovanna, durante aquele resguardo eu ainda tinha que dar suporte a Elenice em tudo que fosse necessário, restando pouco tempo para tramar uma fuga.

Gio encontrava-se debilitada em uma tristeza tão profunda, que não colaborava em nada para sua recuperação. Somada a isso, Eleonora parecia uma sentinela, estava sempre em todos os lugares. Sempre um passo à frente. Cheguei a pensar que não haveria uma luz ao fim daquele túnel.

Durante todo o resguardo, o Coronel trancava-se nos aposentos por ele provisoriamente ocupado e inundava a casa noturnamente com suas músicas eruditas.

Sentia-me aterrorizada e, Giovanna muito mais. No derradeiro dia do resguardo daquele parto difícil, o Sr. Benevides retornou aos aposentos do casal.

— Rufino! Falou Gio espantada.

— Olá, minha querida. Já não era sem tempo de retornarmos ao nosso ninho de amor.

— Mal pude ver Stela no dia de seu nascimento. Gostaria de ver e ter nossa filha em meus braços. Abraçá-la. Por favor, Rufino! – Permita?! – Por favor!

— Você precisava se recuperar, querida. E agora, precisa se comportar! Murmurava pausadamente o Coronel.

Giovanna tremeu.

— Tire a roupa!

Giovanna titubeou.

– Tire a roupa! Comandou com voz grave.

O vestido leve em tons de lilás veio ao chão. E depois a anágua. As roupas íntimas caíram temerosas e em vertigem no chão frio.

– Solte seus cabelos! Exigiu.

As mãos trêmulas de Gio soltavam seus cabelos lentamente. O Coronel observava maquiavélico enquanto ingeria o uísque de sempre.

– Aproxime-se! Ordenou.

A esposa obedeceu, caminhou lentamente até o marido, e este tocou-lhe os seios delicadamente com as mãos, acariciando seus mamilos.

– Teus seios continuam redondos, empinados, lindos, hipnotizantes. Um par de taças com o melhor dos vinhos, clamando que eu aprecie. Que eu te consuma por inteira. Seios que não foram capazes de alimentar nossa filha, mas continuam tão imponentes quanto sedutores. Articulou o Coronel.

Falava enquanto circulava os dedos indicador e médio mexendo o uísque, molhando em seguida os mamilos da esposa, até que as gotas da bebida deslizaram por seu abdômen.

O medo arrepiou toda a pele de Gio que tremeu. O Coronel deduziu a libido da mulher.

– Seu corpo ainda me deseja. – Fale-me!

Giovanna permaneceu em silêncio.

– Fale! Exigiu com voz grave e olhar inquisidor.

– Eu te desejo Rufino. Meu corpo clama por ti. Sussurrou tentando conter as lágrimas.

O Coronel puxou Gio pela cintura, lambeu a bebida que escorreu em seu ventre subindo até os mamilos da esposa. Continuou a molhar e lamber os seios até enterrar a boca sugando-os com euforia. Levantou-se e encostou a mulher na mesa, curvando-a e encostando sua face no móvel. Giovanna tremeu ainda mais. Era pavor!

– Rufino, eu te quero tanto! Vamos para cama? Vamos gozar do nosso ninho de amor, como outrora? Solicitou a esposa tentando minimizar as possíveis violências, já que os estupros se tornaram inevitáveis.

– Todo esse quarto é nosso ninho de amor querida. Expôs o Coronel.

Logo em seguida, ele pegou lenços e amarrou os pulsos da esposa aos pés da mesa, deixando-a de braços abertos e imobilizada.

– Xiiiiiiiii. Ordenou com o indicador à boca.

Amarrou também a boca da esposa.

Pegou o resto do uísque, derramou em suas costas e tomou-lhe a tragar, lambendo e mordiscando. Tirou o cinto. Os olhos de Giovanna não poderiam conter as lágrimas. Usou o cinto para chicotear-lhe as nádegas diversas vezes. Abriu o fecho-éclair e enterrou-se em Giovanna. Naquela noite e em muitas outras, *Beethoven* ressoou alto através daquele quarto, reverberando a soberba, a luxúria, a ira e a doença do Coronel por toda a casa.

Em direção aos aposentos, especialmente a lascívia do casal, outro par de olhos também os observava, com prazer, despeito e inveja.

8
SEM OLHAR PARA TRÁS

"O amor é uma arma carregada
por todas as pessoas que você perdeu
por todos os amigos que você costumava confiar
por todos os sonhos que você deixou para trás."
Maria Eduarda

No início de um outono sombrio, enquanto distraía Suzana que brincava no jardim, não pude conter minhas lágrimas, sem nenhuma ideia de como fugiríamos daquele lugar nefasto. Foi nesse momento de profunda tristeza e desesperança que Teófilo aproximou-se mantendo relativa distância.

– Senhorita Nicinha! Sussurrou olhando para um lado oposto a mim.

– Me escute. Não fale nada. Não movimente seus lábios. Nesta fazenda somos vigiados por pares de olhos muito hábeis. Sei do que se passa com a Sra. Benevides, a clausura e a violência a matará. Pense como posso ajudá-las. Esteja diariamente neste jardim. Me aproximarei quando for seguro.

– Meu Deus, Sabrina! Como fugir daquela situação? Como impedir que o Coronel suspeitasse? Como neutralizar os passos de seus informantes que poderiam deixar o Coronel à frente de nós? Qualquer suspeita se converteria em violências maiores com a menina Gio. Talvez a morte.

Fiz uma breve carta para a sra. Gertrudes, que manteve-se em meu bolso por dias, até que Teófilo surgiu no jardim novamente. Deixei cair o manuscrito entre as roseiras vermelhas e saí. Uma semana depois, Teófilo passou pelo jardim e deixou cair um bilhete entre os lírios do campo, esperei um tempo até que ele não estivesse à vista, coloquei Suzanna ao chão para pegar o bilhete e fui surpreendida com a voz do Coronel.

— Você mantém essa menina demasiadamente em seu colo. É preciso que caia para aprender a andar com firmeza. E indagou.

— O que está fazendo?

— Estou colhendo flores. É para ornamentar a mesa, para o jantar.

— Faça rápido! Não dê espaço para acidentes com Suzana. Falou e saiu rapidamente.

Meu coração palpitava tão acelerado, que tremia meu estômago e até a garganta, secando-a e me deixando sem ar. Felizmente consegui ocultar o bilhete segundos antes do sr. Rufino se aproximar.

Querida Nicinha,

É completamente desolada que recebi seu manuscrito e, em profunda tristeza, escrevo esta carta. Meu coração encontra-se consumido pelo terror em contraste a saudade de minha filha, de não poder ver minhas netas, mas, principalmente melancólica e temerosa pela vida de Gio e creia, também pela sua.

Todo dinheiro que me enviaste levei para Recife, colocando no banco e conta bancária já conhecida por nós. Fiz um aporte maior, sei que precisarão muito em breve. E muito embora a saudade venha a consumir minha alma, a segurança de Gio, de minhas netas e a sua, são mais importantes.

Por tudo que me contaste, vocês terão apenas uma oportunidade. Use-a com inteligência, astúcia e sagacidade. Farei chegar a você um artefato que as auxiliará.

Não envie novas cartas. Não levante suspeitas. Deixe que as respostas te encontrem. O Coronel não pode desconfiar. Viriato tomou conhecimento que o ilustre senhor é mais perigoso e influente do que possamos imaginar.

Até breve.
Gertrudes Porto Cavalcante.

Meu coração se alegrou e se contraiu ao mesmo tempo.

Durante duas eternas semanas, *Mozart, Vivaldi, Chopin, Beethoven, Tchaikovsky, Handel, Vangelis e Bach* compunham a pavorosa trilha sonora que inundava aquela casa.

– Como Sabrina? Como pode o belo ser apreciado por inclemente maldade? Em meu quarto, imaginava sem querer as torturas a que Gio era submetida. Nos aposentos do casal, Gio as vivia.

Em uma manhã ensolarada, Teófilo deixou cair um pequeno pacote entre as margaridas, que em seguida recolhi. Trancada em meus aposentos, desenrolei o invólucro composto por um pequeno frasco com líquido amarelo, além de um bilhete com breve mensagem.

Querida Nicinha,

Tens em tuas mãos um tranquilizante poderoso. Vocês terão apenas uma única oportunidade de fuga. Na derradeira noite de lua minguante deste mês outonal, quando a escuridão fizer morada no céu estrelado, Timóteo as aguardará nas fronteiras da fazenda de Benevides próximo ao portão. Seja cautelosa e, tente, sobretudo, acautelar também Gio. Nem em sonho minha menina foi preparada para tal situação.

Até breve.
Gertrudes Porto Cavalcante.

Foi em uma das raras oportunidades que fiz passar o pequeno vidro e um bilhete por baixo da porta de Giovanna. Não fosse o jantar requintado exigido pelo Coronel na noite anterior e, todos muito ocupados, além das demandas das pequenas Suzana e Stela, a chance não surgiria.

Gio,

Tens em suas mãos um tranquilizante potente. Utilize-o na última lua minguante, conte oito noites. Estarei te esperando do lado de fora da janela do quarto de banho com Suzana e Stela. Seja astuciosa. Sei que dada as violências ser sedutora não é fácil. Mas seja. É para sua sobrevivência.

A liberdade nos aguarda.
Nicinha.

— Sabrina. Dias pareceram décadas. E horas, anos inteiros. Mas, finalmente, aquela noite escura chegou.

Após aquele que poderia ser o derradeiro jantar sombrio, *Mozart* ecoou em dupla com o gramofone, *Requiem 1. Introitus.* Gio aguardava o marido lindamente em um longo vestido preto, trazia na face o sorriso da liberdade embelezando seu rosto em contraste com um óbvio luto de si mesma. Rufino foi surpreendido pela mulher com tamanha disposição para recebê-lo que estranhou.

— Ora, ora. O que a faz assim? Tão feliz?

— Querido marido, tenho refletido o quanto sou ingrata com o homem tão bom que és. Tu mereces uma convivência tão prazerosa quanto feliz. Quero satisfazer-te esta noite e todas as outras que se seguirem, como ainda não fui capaz de fazê-lo até agora.

— Ora, ora. Falou o marido em tom malicioso.

— Deite-se querido. Quero servi-lo. Levarei seu uísque.

A luxúria o traiu.

Gio colocou todo o líquido do frasco no copo com uísque. Sorrateiramente escondeu o frasco em um pequeno vaso. E levou para o marido.

— Querido, hoje desejo despi-lo.

E assim tirou aos poucos a roupa do marido que degustava a bebida lentamente. Enquanto o marido acomodava as costas na cabeceira da cama, observava a mulher, que se despia com ar de felicidade e, isso também o seduziu. Giovanna premeditadamente instrumentalizou a boca na virilidade do marido, lambendo e sugando intensamente para distraí-lo através do prazer. Ele não resistiu. Tomou o derradeiro gole de uísque. Lambendo e mordiscando os próprios beiços, puxou os cabelos da esposa forçando-a a olhar para ele e, a esbofeteou-lhe a face enquanto ela continuava a instrumentalização oral. Trincava os dentes enquanto puxava os cabelos da esposa que teimava em satisfazê-lo. Quando começou a gemer, ela fez dele seu cavalo em montaria, projetando uma cavalgada frenética e só desceu daquele animal imundo quando ele finalmente adormeceu.

— Tínhamos que ser rápidas!

Ao tentar pegar Suzana e Stela, fui surpreendida por Joaquina e Elenice que se encontravam acordadas e de sentinela nos quartos das meninas. Quase me viram. Fui hábil em não me fazer vista.

— Deus do Céu. O que fazer? Era impossível.

Finalmente saí do casarão, mas foi Eleonora que vi na janela do casal, observando-os. Enquanto Gio em sua cavalgada satisfazia os desejos do Coronel, aguardando o sono profundo para sair.

Graças ao bom Deus, Teófilo surgiu naquela noite trevosa e questionou Eleonora.

— Que fazes em plena noite observando as intimidades do casal Benevides?

Ela ficou sem voz.

— Vamos! Eu a acompanharei até sua morada. É perigoso uma dama de sua estirpe, sozinha em noite tão escura. Cobras entre outros bichos podem surpreendê-la.

– Não precisa!

– Faço questão.

E saíram a contragosto de Eleonora. No chão, um bilhete caído.

Fujam agora! Não sei quanto tempo conseguirei segurá-la. Não olhem para trás. Não conseguirão levar as meninas. Lamento muito. Boa sorte!

Ride of the Valkyries de Richard Wagner ecoava alto pelo casarão e também fora dele. Meu coração palpitava. Não tardou e Gio abriu a janela vestida na última camisola costurada por sua mãe para seu famigerado enxoval de núpcias.

– Onde estão Suzana e Stela?

– É impossível Gio!

– Não! Sussurrou chorando.

– Você só tem uma escolha. Viver. E se ficar, não terá vida para vê-las crescer de igual modo. Falei duramente, porém, com os olhos úmidos, entregando-lhe o bilhete que Teófilo deixou cair.

– Foi naquela redentora noite escura, que Giovanna e eu fugimos. Eu a puxava pelas mãos andando em meio aos matos, sem olhar para trás, ela chorava compulsivamente olhando para o casarão com o terrível aviso nas mãos; a mãe que habitava nela sangrava tal qual um animal ferido. Sabrina, sua avó, não deixou as filhas para trás por desamor. Ela foi impelida pela necessidade de sobreviver a fazer uma escolha cruel. As oportunidades que surgem para sobreviver, são tal qual um cavalo selvagem, preto, sem cela, que passa rápido em uma noite escura, não espere que ele pare para nós montarmos. A vida não espera nos recompormos das nossas dores ou nos consertarmos para continuar. Não. Ela vem em golpes, feito açoite. Temos que nos equilibrar, mesmo com as dores que tanto carregamos na alma e, ainda desenvolver habilidade e agilidade na estrada da vida, especialmente, diante dos desafios que a cavalgada da sobrevivência nos impõe. A marcha inexorável da vida não para e, temos que nos consertar em movimento.

Timóteo nos aguardava.

– Vamos pela mata. Não podemos deixar rastro pela estrada. Expôs Timóteo.

– Não vamos ver meus pais?

– Não Sinhá, é perigoso. A senhora deve seguir as instruções de sua mãe. Vou levá-las até a estação de Serra Talhada. Lá uma charrete as aguarda para transportá-las até Garanhuns e, de lá, finalmente devem seguir para João Pessoa e permanecer por lá até segunda ordem. Nesta bolsa tem dinheiro, roupas e as instruções que precisam. Sinhá Gertrudes preparou tudo. Nem o sr. Viriato sabe dos detalhes.

Na estação Timóteo me olhou e disse:

– Nicinha. Deixe-me ir com vocês? Case-se comigo?

Como quem sela uma carta antiga, toquei os lábios de Timóteo e o silenciei com um beijo.

– Tanto que esperei esse pedido Timóteo. O tempo passou para nós. Falei amargurada.

Ele beijou-me a mão. Assentiu com o chapéu e partiu. Sem olhar para trás, em meio aquela escuridão.

9
RECOMEÇAR

De Serra Talhada a Garanhuns e, de Garanhuns a João Pessoa, Gio teve muito tempo para me contar detalhadamente tudo que se passou nas tais quatro paredes. Ela foi emocionalmente atropelada por um trem de carga e, esse trem tinha nome, era Rufino.

É impossível consertar tantos maus tratos, físicos, emocionais e psíquicos. Gio tinha apenas vinte anos, fugia do marido, um patrimônio inestimável de violências acumuladas e duas filhas que não pôde trazer consigo, sonhos destruídos e mazelas emocionais impossíveis de reparar. Não se emenda cristal quebrado. Uma coisa a menina Giovanna carregava no olhar, o desejo de ser feliz. De recomeçar. Mas era extremamente inocente e ingênua. E apesar de tudo que sofreu, acreditava em tudo e em todos. Vi que minha decisão de acompanhá-la não se tratava apenas do amor fraternal, era também uma caridade necessária. Gio, carecia de muita orientação. E no mais, não dava para saber a extensão do prejuízo emocional causado pela convivência com o Coronel.

– O céu estava lindo. Chegamos em João Pessoa no início da lua crescente, um bom presságio para os que querem recomeçar.

Logo, encontramos e nos instalamos na pensão organizada pela sra. Gertrudes. Duas mulheres sozinhas em uma cidade estranha, os dias não seriam fáceis. A Sinhá deixou pago três meses de pensão, e mandou por Timóteo dinheiro suficiente para mais seis meses. No entanto, a frase da finada Sra. Jacinta sempre me vinha à cabeça.

– Na vida, não tem facilidades.

Algo me dizia que tínhamos que economizar aquele dinheiro ao máximo. Contudo, inicialmente era necessário cuidar das marcas no corpo de Gio.

Andamos cotidianamente todos os dias e não conseguimos trabalho. O dinheiro era aos poucos consumidos em nossas necessidades. E as minhas economias que tinham sido guardadas estavam em um banco em Recife. Continuamos a procurar trabalho.

No derradeiro dia daquele terceiro mês, encontrei um trabalho para lavar pratos e fazer a limpeza na cozinha de um restaurante. E Gio, servia os clientes, pegando os pedidos, entregando os pratos, recolhendo os pratos e limpando as mesas.

Sentimos o peso social que ressoava fora das fronteiras da fazenda. A tinta que recobria a minha pele, me impediu de um emprego como professora. A coisa que mais escutei foi:

– É o fim do mundo. Uma professora negra!

– Negras têm que lavar pratos e, olhe lá.

Não posso dizer que eram frases. Ou argumentos. Eram coisas sendo ditas. Uma irracionalidade com nome, exclusão e preconceito. Gio, bem afeiçoada, o dono do restaurante logo sugeriu que ela cuidasse das mesas, mas, estava mal intencionado. Seu objetivo era atrair homens para o estabelecimento. E atraiu. A beleza da menina Gio, era impossível passar despercebida. E logo na primeira vez, que um dos frequentantes do estabelecimento tomou liberdade com Gio, ela entrou em choque. Chorava copiosamente. E dizia:

– Só você, Rufino! – Só você, Rufino!

Precisei intervir e, claro, fomos demitidas.

– Foi um ano extremamente difícil. Muitos trabalhos e muitas humilhações também. Além da tinta que recobria minha pele, ser mulher em uma sociedade machista também não colabora em nada. Sofremos muito, até que a pequena carta da sra. Gertrudes nos aliviou a alma.

Queridas Gio e Nicinha,

Espero encontrá-las bem e com saúde. O Coronel Benevides parou de procurar por Gio. Vão para Recife, junto a esta carta, seguem os bilhetes já comprados para o embarque.

Em Recife vocês não estarão só. Tem Gioconda e Ludovico, e também Gianne.

Cuidem-se!

Saudades,
Gertrudes

Em poucos dias já nos encontrávamos instalados na sofisticada residência dos Sr. e Sra Dulce, como Gioconda gostava de ser chamada. Ludovico se revelou um avarento incorrigível, fazia questão de tudo e, tanto eu, quanto Gio, nos sentíamos constrangidas com os temas abordados pelo marido de Gioconda. Ludovico cuidava da transportadora e, a Sinhá do restaurante, então fomos trabalhar, Ludovico aceitou de cara, constrangendo a própria mulher ao fazer questão até da água que bebíamos. Afirmou ainda que a esposa precisava de ajuda e que o trabalho seria muito bem vindo, contudo, os salários eram uma miséria. Foi com muita revolta que vi os homens ganhando minimamente 50% mais que nós mulheres. Pior foi ver Gioconda dizer que era assim mesmo. Eu continuei lavando pratos, auxiliando na cozinha. Gio, por sua aparência, ficou no atendimento, o que se tornou um problema depois.

Giovanna procurou Gianne dizendo-lhe que queria ajuda. Gostaria de estudar, que tinha sonhos e nutria a vontade de ser enfermeira. Ele se prontificou em ajudá-la, entretanto, pediu-lhe que nunca, em hipótese alguma falasse que eram irmãos. Afinal, a irmã, ser uma mulher fora do matrimônio, fugida do marido e tendo abandonado as filhas, era imoral demais. Poderia manchar sua imagem de médico recém formado.

Giovanna chorou o final de semana inteiro sem sair do quarto. Mas, entendeu que era necessário seguir em frente.

Eu, quando percebi que não passaria de uma lavadora de pratos no sofisticado *Ristorante Dulce,* comecei a observar mais nos bairros arredores daquela cidade enquanto caminhava. Vi uma casa, decadente, porém bem localizada à venda. Procurei verificar no banco como estavam minhas economias e com o aporte feito pela sra. Gertrudes, o dinheiro era suficiente para comprar a casa, restando pouco dinheiro para uma possível reforma. Já era um começo. Um lugar para chamar de lar, e não permanecer na casa dos Dulce como um favor, seria o início da nossa dignidade.

Giovanna por sua vez foi matriculada no curso técnico de enfermagem pelo irmão. Que mantinha distância, mas de algum modo, tentava zelar pela irmã. Mais uma vez a senhora Gertrudes facilitou, conseguindo a segunda via dos nossos diplomas entre outros documentos com muita descrição e os enviou a Gianne.

Assim, eu trabalhava durante o dia, e tentava ao meu modo fazer as pequenas reformas necessárias na casa durante a noite, tentando antecipar a mudança. Gio, estudava pela manhã e fazia o atendimento do restaurante durante as tardes e as noites. A vida parecia ter encontrado seu eixo. Um mês depois, finalmente eu e Gio estávamos prontas para nos mudarmos para a nova casa, não tínhamos luxo, nem muitos objetos, mas era minha segurança e Gio, sentia-se mais acolhida e à vontade comigo que com os irmãos.

Nossa casa era um pequeno bangalô de arquitetura colonial, que eu mesma pintei de branco, as portas e janelas também brancos eram contornadas por cerâmicas portuguesas. O piso de cimento queimado cinza, que fiz questão de encerar por dias e mais dias até brilhar. As eiras e as beiras paguei para que fossem pintadas de azul escuro. O muro baixo e o portão pequeno dava acesso ao pequeno espaço que no futuro próximo seria nosso jardim, mas que já tinham jasmins, onze horas de diversas cores e um pé de romã, uma passarela de bloquetes de cimento dava acesso a uma área externa, espécie de ante-sala que cuidadosamente mobiliei com uma mesa de centro e cadeiras, vasos pendurados com jiboias compunham a decoração, os verdes em contraste com a parede branca e, no chão mais vasos com comigo-ninguém-pode, assim, cor e vida era gradualmente trazida para aquela casa.

Dentro, a sala ainda não tinha quase nada, apenas um console que decorei com fotos emolduradas da nossa infância e juventude, os Porto Cavalcante faziam parte da minha vida e eu da vida deles. Logo acima do console, um quadro da Sagrada Família comprado de galegos. No chão, um refinado e velho tapete que Gioconda não quis mais e me vendeu a baixo custo, almofadas que eu mesma costurei para nos sentarmos em nossos momentos de lazer.

Na sala de jantar, também organizei uma mesa simples com quatro cadeiras de madeira barata, pinho talvez, estavam quebradas, era do restaurante e Ludovico, que achando caro o conserto, encostou, Gioconda me vendeu a preço baixo e eu mesma consertei, coloquei-a sobre outro tapete, ornamentei o espaço com mais vasos no chão com plantas e no centro da mesa, uma fruteira, em uma das paredes, também coloquei um quadro comprado com vendedor de porta em porta, espécie de natureza morta.

Na cozinha apenas um fogão velho comprado de segunda mão e o botijão de gás, que eu mesma fiz um pequeno buraco na parede para deixá-lo do lado de fora.

O armário de madeira para guardar as louças também foi comprado de segunda mão. Tudo era velho e novo para mim. Eu, finalmente, estava na minha casa, organizando a minha vida de acordo com os meus gostos e posses.

Em nossos quartos havia apenas rede para dormirmos e bolsas simples que ainda traziam as roupas que a Sinhá Gertrudes organizou para nós duas.

Giovanna sempre comigo me ajudava na reforma, limpeza e organização da casa.

Assim, mesmo com desafios, íamos aprendendo a seguir a vida.

10
UMA PAIXÃO PARA REPENSAR

> "Amor é fogo que arde sem se ver;
> É ferida que dói, e não se sente;
> É um contentamento descontente;
> É dor que desatina sem doer."
> **Luís de Camões**

– Querida Sabrina. A vida é desafiadora e também pode ser irônica.

Foi em uma dessas ironias da vida que Frederico Trajano, o filho de um amigo do Sr. Rufino Benevides, o fruto da primeira cena de ciúmes do Coronel, reconheceu Gio.

– Giovanna!

– Sou eu. Frederico. Não me reconhece?

Gio tentou se fazer de desentendida. Mas, o jovem sedutor, não se deu por satisfeito e se aproximou de Giovanna.

– Giovanna. Está mais leve e ainda mais bela. Falou olhando em seus olhos.

Giovanna emudeceu.

– Sei que fugiu do Coronel. Todos sabem que você abandonou o marido e as duas filhas.

Lágrimas rolaram rápidas e volumosas nos olhos de Giovanna.

– Não se preocupe, seu segredo está seguro comigo.

– A história não é bem essa, mas não posso falar agora. Neste estabelecimento, não estou como cliente, estou a trabalho.

– Como posso vê-la?

– Após o expediente. Por volta das 21h.

– Estarei aqui para acompanhá-la até sua casa.

– Obrigada!

– Sabrina. Se há uma coisa que um homem reconhece no olhar de outro homem, é o fitar de desejo e cobiça. Na penúltima noite de sua lua de mel no Rio de Janeiro com Giovanna, o Coronel não só revelou pela primeira vez o seu ciúme, como também, reconheceu a cupidez nos olhos do jovem Frederico Trajano.

Pontualmente às 21h, Frederico, um belo e jovem médico, de anatomia máscula, voz suave e elegantemente vestido, aguardava Giovanna do lado de fora do Ristorante Dulce.

– Posso acompanhá-la senhorita?

– Sim. Confirmou a Giovanna.

Caminharam, conversaram, Frederico mais que Giovanna. Ele contava que estudou um tempo na Alemanha, fazendo uma especialização em infectologia e, que ao retornar ao Brasil, um amigo de faculdade no qual estudaram medicina juntos no Rio de Janeiro, estava morando em Recife, tendo iniciado uma clínica com o aporte financeiro da família e precisava de auxílio para tocar o empreendimento. Já que o mesmo também tinha sido convidado a chefiar a pneumologia do hospital geral daquela cidade, não querendo perder as oportunidades que lhe apareciam, convidou-o para ajudá-lo a tocar a clínica.

– Que interessante. Como é o nome do seu amigo?

– Gianne. Gianne Porto Cavalcante.

– Porquê? Você o conhece?

– Não. Negou a Giovanna, secamente.

– O mundo é muito pequeno, nos conhecemos no Rio de Janeiro, você viajou para a Alemanha e ocasionalmente nos reencontramos em Recife.

– Às vezes a sorte nos sorri. Disse Frederico.

– Talvez. Falou Giovanna amargurada.

– Chegamos! Afirmou a jovem.

– Sua companhia é muito agradável. Chegamos tão rápido.

– Não vai me convidar para entrar?

– Não. Moro com minha irmã e é muito recente para eu te convidar para uma casa que não é minha.

– Nos vemos novamente?

– Possivelmente.

– Vamos ao cinema comigo no sábado à tarde?

– Vou pensar.

– Como saberei?

– Você sabe onde me encontrar. Boa noite!

– Boa noite.

Eu a esperava, acabei vendo o rapaz e ouvindo parte do diálogo entre os dois. Giovanna era muito moça ainda, cheia de vida. Apesar das tristezas, tinha muita alegria de viver. Mas era ingênua e, mesmo tendo conhecido a maldade e ter sido atropelada por ela, ainda acreditava na bondade das pessoas. Rufino não lhe roubou a generosidade e a esperança de viver, características próprias de sua personalidade.

Evidentemente, perguntei quem era o rapaz. Giovanna contou-me tudo, de como o conheceu, como o reencontrou. Do diálogo entre os dois. E principalmente, da promessa do rapaz em manter sob sigilo tanto ela, quanto sua localização. Ela me contou de coração partido que ele se tratava também de um amigo de seu irmão e, que foi muito cruel para ela ter que negar que o conhecia.

– Será Nicinha?... que sempre serei estigmatizada por um passado que não escolhi? Não quero ser vítima. Mas também não sou culpada. Já não basta eu ter que conviver com a dor eterna de ter deixado minhas filhas para trás?

– Dona Jacinta já falava. Na vida, não tem facilidades. Não será fácil, mas você precisará aprender a conviver com seus fantasmas e monstros particulares. Penso que a vida está mais para uma caixa de surpresas, não como um porta-joias, mas, como a caixa de Pandora. Impossível prever o que virá!

– Eu quero ser feliz Nicinha!...

– Então seja. Vamos tomar nosso chá?

– Vamos minha irmã de vida.

Nossa amizade e fraternidade nos uniu de todas as formas e cada vez mais.

Claramente, o jovem médico não parou de procurar e cortejar Giovanna, era previsível, mais cedo ou mais tarde minha bela amiga cederia.

– Eu e Giovanna conversamos muito. Alertei-a algumas vezes, expondo que ela ainda estava com o coração muito ferido e, que era fundamental fazer as pazes consigo mesma, aprender a se amar de verdade, somente assim seria possível amar alguém. Essas eram minhas conjecturas. Que experiência eu tinha do amor? Apenas o amor platônico que tanto nutri por Timóteo até ele revelar-se naquela noite escura? Ou um único beijo que selou o amor que poderia ter sido, mas não foi.

Foram juntos ao cinema naquele sábado à tarde. Lancharam em um outro domingo. Viram o pôr do sol. Frederico foi se aproximando aos poucos até conquistar o coração de Giovanna. E conquistou!

Premeditadamente, certo dia Frederico convidou Giovanna para almoçarem juntos em sua casa, ou melhor, no apartamento que ocupava no que hoje chamamos de Recife antigo. Gio inicialmente negou, mas o jovem médico argumentou que não havia nada demais, principalmente, porque já namoravam há no mínimo três meses. Então combinaram de se encontrar e irem juntos para a residência do rapaz.

Uma pequena habitação com direito a varanda e vista para o centro, era a localização de Frederico. Que percebeu o constrangimento de Giovanna e logo tentou minimizar.

– Querida Gio, vou preparar-lhe um chá e enquanto tu bebes, prepararei nosso almoço.

– Não quer que eu te ajude?

– Não é necessário. Enquanto morei na Alemanha vivi sozinho por dois anos e me acostumei a fazer minhas próprias coisas. É certo que fora do Brasil algumas coisas são mais práticas, ainda assim, tenho conseguido me virar bem sozinho.

– Como é ser ou estar sozinho?

– Bom e ruim. Bom, porque tenho privacidade, não preciso justificar meus humores e tão pouco meus hábitos. Também é ruim, a solidão me convida por vezes a melancolia.

– Tanta independência, não combina com a sensação de solidão.

– O ser humano é um animal social. Não foi criado para a solidão. – Você gosta de música?

– Sim, só não gosto das clássicas e eruditas.

– Vamos ouvir samba então!

Almoçaram ao som de Linda Batista, a Rainha do Rádio que teve seu samba sucesso nos carnavais cariocas.

Conversaram e Frederico aos poucos tentava deixar Giovanna menos tensa. Até que seguiu com seu plano.

– Giovanna, não posso esconder meu interesse por você. E também acredito, do seu interesse por mim. Falou durante a refeição colocando a mão sobre a mão de Giovanna.

Gio, emudeceu e tremeu, ele continuou.

– Não te farei promessas, no entanto, te garanto não te machucar. Falou enquanto se levantava e tomava a bela jovem pelas mãos.

– Não sei o que dizer.

– Não diga nada! E a beijou.

Inicialmente, o corpo e a emoção de Gio foram tomadas por uma espécie de torpor, no entanto, aos poucos, seu corpo foi se rendendo e obedecendo a sedução de Frederico.

A pele macia. Os lábios desenhados. O corpo másculo e juvenil. A voz mansa e convidativa. Tudo lhe era diferente.

Giovanna cedeu e, aos poucos, correspondeu. Frederico cuidadoso, despia Giovanna sem pressa, beijando lenta e suavemente seu corpo, uma sedução delicada e sem parâmetros anteriores para ela.

Soltou seus cabelos e a beijou ardentemente, tocou suas curvas delicadamente conhecendo cada parte do seu corpo, o sexo não era novidade para Giovanna, mas o cuidado durante o sexo era novo para ela. Mesmo tentando corresponder às carícias do jovem médico, o corpo da bela Gio não acendeu como outrora, muitas marcas emocionais ainda lhe atormentavam, ainda assim se amaram. As mãos de Frederico percorriam suavemente os seios redondos e empinados de Giovanna, os beijos quentes e quadris encaixados se movimentavam em um ritmo envolvente, erótico e diferente. Ao final, enquanto Frederico comprazia-se no êxtase carnal, Giovanna esforçava-se para conter lembranças e lágrimas.

– O que aconteceu Giovanna? Eu te machuquei?

– Não. Não é isso! Murmurou enquanto as lágrimas rolavam.

Foi quando Frederico tentando entender a situação, observou várias pequenas cicatrizes por todo o corpo da jovem.

– Ele te machucou, Giovanna!

A menina Gio não conseguiu falar. Baixando o rosto e chorando copiosamente.

– Meu Deus. Ele te machucou muito. Foi por esse motivo que fugiste?

Giovanna silenciou. Frederico a abraçou.

Ele foi seu primeiro parceiro sem violências, de espírito livre, sem ciúmes, que lhe estimulou a estudar e lhe incentivou a buscar a própria independência. Pensamentos diferentes dos vigentes, especialmente, por ter convivido com correntes filosóficas muito distintas do sistema social local.

Assim, durante pouco mais de um ano viveram naquele apartamento um tórrido romance em que Giovanna aprendeu com o jovem médico a reconhecer o próprio corpo e a buscar pela satisfação de si mesma.

Nos tornamos mais que amigas, éramos confidentes e irmãs. Gio me contava tudo que se passava naquele romance, e principalmente, como seus medos iam sendo vencidos aos poucos. De toda forma, o espírito livre e modernista do jovem Frederico a ajudou a vencer parte das marcas das violências deixadas por Rufino.

Ao final daquele novo ano, Giovanna formou-se técnica em enfermagem e Frederico recebeu uma carta do grave estado de saúde do pai. Sem ter previsão de voltar, desligou-se da clínica do amigo Gianne. Despediu-se de Giovanna sem fazer promessas e partiu retornando ao Rio de Janeiro, para não mais voltar.

11
SUA AVÓ, SUA MÃE E EU

"Todas as famílias felizes
se parecem,
cada família infeliz é infeliz
à sua maneira."
Leon Tolstói

Um mês depois da partida de Frederico para o Rio de Janeiro, Giovanna chegou em casa pálida.

— Nicinha, estou grávida!

— Grávida Giovanna?

— Sim e, não sei o que fazer. Logo agora que consegui um emprego. Que Gianne me deu oportunidade em sua clínica e estou em outro curso, tentando o sonho de entrar no Hospital Geral. — Que farei Nicinha? — Mãe solteira nessa sociedade tão repleta de preconceitos. Parece até que a vida está em guerra comigo. Falava enquanto chorava.

— Mande uma carta para Frederico. Conte-lhe da gravidez.

— Já fiz e enviei, aguardo sua resposta. Enquanto isso, preciso tentar ocultar essa gravidez o máximo possível, principalmente, para continuar trabalhando e estudando. A bata, decerto ajuda a disfarçar, manter um corpo magro também contribuirá, mas não sei se será suficiente.

Diariamente enfaixávamos toda a região abdominal de Giovanna. Tentando esconder a gravidez. Um mês depois, a jovem Gio

74

soube por Gianne que o pai de Frederico falecera e que o amigo vendeu todo seu patrimônio e foi embora, retornando à Alemanha. Poucos dias depois a carta de Giovanna chegou. Destinatário não encontrado. Não era surpresa. Ela agora era definitivamente, também uma mãe solteira.

Sem saber o que fazer, em desespero emocional e sentindo-se abandonada, Giovanna tentou ocultar a gravidez o quanto pôde e ao final, quando já quase não era possível disfarçar, trancou o curso, pediu licença do trabalho, sob o pretexto de cuidar da saúde.

Passamos a viver sob o drama de Giovanna e seus segredos. Um mês depois Sara nasceu em casa, a própria Giovanna que ganhava experiência nos partos enquanto trabalhava, me orientou com o próprio parto.

A jovem enfermeira, conhecendo pessoas que não podiam ter filhos, pensou em encaminhar a pequena Sara a uma família de posses que pudesse dar àquela criança melhores condições de vida.

No entanto, me apaixonei por Sara desde o primeiro momento, no primeiro choro, com os olhos ainda fechados, o corpinho sujo de sangue e as secreções naturais de um ser que se revela para a vida.

– Giovanna. Sara é minha filha. Só sairá desta casa para a sua própria casa. Já me sinto sua mãe, zelarei dela com todo amor que uma mãe nutre por um filho. – Sara. Minha filha!

Um mês depois, antes mesmo de completar o final do resguardo, Giovanna já estava de volta ao trabalho na clínica do irmão e também no curso de enfermagem na Universidade do Pernambuco.

Sara era um bebê e como tal necessitava de cuidados, ficou impossível para mim continuar a lavar pratos no Ristorante Dulce para ganhar a vida e, o salário de Gio tendo gastos com o curso, não bastava para as despesas do nosso lar.

Certo dia Giovanna me falou que moradia era uma necessidade de muitas moças que vinham de outras cidades do interior para estudar, talvez, alugar quartos para as moças fosse uma forma de garantir o sustento necessário. Com isso, tendo mais quatro quartos desocupados, fiz dessa minha fonte de renda. Utilizei o que restava das minhas economias e reformei-os, abrindo portas para o corredor que dava para a lateral da casa, mantendo a nossa privacidade e propiciando liberdade para as moças, assim, eu não precisaria me preocupar com o horário que chegassem, cada uma receberia a sua chave individual, preparei também um banheiro social com acesso para esses quartos, também pelo corredor lateral, e assim, passei a alugar as tais habitações. Para as moças que precisassem, eu ainda lavaria suas roupas, lhes cobrando um valor justo pelo meu trabalho.

A vida de mãe solteira não foi fácil para nenhuma de nós. De toda forma, sua mãe, durante relativo tempo foi amada por duas mães, Giovanna era a tia Gio e eu, a mãe Nicinha.

– O fato Sabrina, é que mães solteiras enfrentam julgamentos, provações e dificuldades por conta da misoginia e de um sistema patriarcal extremamente enraizado, e até mesmo, por sermos mães sozinhas. Os homens, em geral, são criados para gerar e nutrir seus próprios filhos, ou seja, procriar e criar o próprio sangue. Criar filhos de outros homens, não se encaixa nesse cenário. A cartilha foi escrita de outra forma.

As famílias, não aceitam que seus filhos se relacionem com mães solteiras e, em meados da década de 1940, seria praticamente impossível. Era considerado imoral. Em geral, as famílias obrigavam as filhas que engravidavam fora do casamento, a doarem seus filhos para outras famílias que não podiam ter filhos, ou entregá-los em abrigos. Abandoná-los em igrejas. Existia em algumas cidades a "porta dos excluídos", espécie de portas dos fundos que ficavam destrancadas para que mães sem marido abandonassem seus filhos. Uma verdadeira tragédia emocional e social.

A mulher que decide por abandonar ou fugir de seu marido, o caso de Giovanna, ao desmembrar a família, independentemente do motivo que a levou a decisão vai descobrir aos poucos que a sociedade condena a "coragem de levantar da mesa quando o amor e o respeito não estão sendo servido" especialmente, por ser considerado "fraqueza em não resistir às provações". Giovanna descobriu isso rápido demais, na rejeição do próprio irmão, nas humilhações mais banais, nos abandonos conjugais a que foi sendo submetida.

As próprias religiões instruem que mulheres sofram em relacionamentos abusivos, utilizando-se e deturpando os mandamentos bíblicos, sobretudo, colocando sobre a mulher o papel de procriar, manter a família unida e honrar seu marido acima de quaisquer circunstâncias.

Como mãe solteira, pude perceber que a maioria das portas não estão abertas para nós. Senti o peso da misoginia e do racismo. Ser uma mulher negra e mãe solteira me colocou em diversas situações minimamente constrangedoras, para não mencionar desrespeitosas. Sem falar nos problemas que fatalmente eu e Gio tivemos que conviver, como o abandono paterno e os impactos emocionais para os filhos. Trabalhar fora e cuidar da criança sozinha, reconstruir a vida e se reconstruir emocionalmente não foi uma tarefa fácil para nenhuma de nós duas. Se ainda não é atualmente, naquele tempo foi mais doloroso.

Tanto avanço na cultura, nos direitos, na religião, e mesmo assim sentimos o efeito do preconceito sobre as mulheres, e consecutivamente as mães.

A maioria das pessoas podem até admirar a mulher que tem coragem de mostrar a voz, de não aceitar um casamento infiel, violento ou infeliz. Contudo, muitos dos que elogiam tal coragem e independência, não a verá como apropriada para estar por perto, por estes mesmos motivos. Quem dirá ser um deles.

O mais triste disso tudo, é que são mulheres julgando e condenando outras mulheres.

–Não se engane com elogios Sabrina. Do mesmo modo, também não se engane com julgamentos e, muito cuidado com a empatia. Todo julgamento por si só já assume o estatuto da própria condenação. Há uma hipocrisia em grande parte, uma espécie de mentira social. Essas afeições em tom de crítica, exclusões como punição em detrimento das discordâncias, narcisismo sempre condenará tudo que não o reflete. É possível decifrar elogios analisando os comportamentos desses admiradores.

Fui aprendendo a observar cuidadosamente as pessoas. As expressões são a transparência da mente, e assim, quando a boca diz algo que não está alinhado com o pensamento, as ações denunciam. Giovanna também aprendeu isso, da pior forma possível.

Eu escolhi a castidade, a companhia da sua avó como irmã, sua mãe como filha. E Timóteo ficou guardado do lado esquerdo do meu peito, como um amor não vivido para recordar. Eu sentia, mas não sofria tanto as consequências do "ser mãe solteira" como a sua avó, que esperançava em reconstruir a vida.

Giovanna preocupava-se com a possibilidade de um novo casamento não acontecer na sua vida. Queria ser respeitada, mas seu modo de viver não era comum e, absolutamente reprovável, com isso, tinha receio de não ter um relacionamento sério por já ter uma vida sexual ativa, por ter filhos, mesmo sendo tão jovem. E por mais que eu dissesse que a vida não se resumia em uniões ou casamentos, a sociedade dizia justamente o contrário.

O fato de ter sido comercializada como uma mercadoria pelo próprio pai, de ter sido violentada de todas as formas pelo marido não era mencionável, tão pouco digno de nota, afinal, o julgamento social em geral recai sempre sobre a mulher, Giovanna ainda carregava o peso de ter virado as costas para as filhas.

A jovem Gio culpa-se de tudo e por tudo, quando precisava era de acolhimento e afeto verdadeiro, de compreensão para desenvolver estabilidade emocional.

– E Sabrina!… por acaso não é uma regra que famílias sejam compostas por um casal e os filhos? É? Talvez! Não agora. Antes sim. E ainda sim! Talvez ainda seja.

Haveria para Giovanna outras maneiras de encontrar a felicidade e o amor, sem estar numa relação conjugal? Seria possível no mundo em sua imensurável grandiosidade, ser explorado outras formas de se relacionar conforme a vontade de cada qual? O amor não deveria ser uma condição. Uma escolha, talvez, e muito provavelmente, algumas renúncias.

Um sentimento que deveria ser possível para todos. Começando por nós mesmas, com o fundamental amor próprio. Mas não é!

Sua mãe, evidentemente, sofreu preconceitos por ser filha de uma mãe solteira, negra com atividades desvalorizadas, sempre exposta ao julgamento dos outros.

Mas, não era fácil. Não foi fácil!

12
AMOR A SEGUNDA VISTA

"Paixão é o fogo ardente, que logo apaga.
É a euforia que logo acaba.
É o desejo que logo se esquece.
É o desejo que pode ser visto,
mas que logo se perde."
Matheus Rodrigues da Silva

Giovanna conseguiu se formar no curso superior de enfermagem. Dedicada, logo se destacou na sala de aula, conseguindo o estágio que tanto almejava no hospital geral daquela cidade. Como sempre foi uma alma generosa, estava sempre cuidando muito bem dos pacientes, pedindo auxílio para ajudar aqueles que não tinham condições, facilitando a vida de outros colegas de trabalho.

Aos pouquinhos, Gio desenvolveu além de um bom círculo de amizades, a admiração por sua determinação, gentileza e vontade em auxiliar ao próximo. Foi justamente em uma dessas formas de ajudar que Gio foi cobrir o plantão de outra amiga enfermeira que encontrava-se doente e esbarrou em Alfredo, o filho de um amigo de seu pai que estava no casamento de Gioconda. Ele a reconheceu prontamente.

— Você é a filha do Sr. Viriato?

— Sim. Pois não!

— Não me reconhece? Sou Alfredo. Alfredo Félix, estava no casamento de sua irmã. Na fazenda de sua família em Triunfo. Lembra?

— Ou, sim. Claro. Lembrei-me agora. Faz muito tempo.

– É impossível esquecer um rosto tão lindo quanto o seu, mas, perdoe-me. Não recordo o seu nome.

– Giovanna Porto.

– O que fazes por aqui?

– Trabalho aqui.

– Então é possível que nos vejamos novamente.

– Talvez. Respondeu Gio, fazendo um gesto de que estava com pressa, desejou boa noite e saiu.

Giovanna apenas respondia. Não lhe perguntou nada. O assombro de alguém que soubesse de seu casamento, da fuga, do abandono das filhas. O passado lhe condenava constantemente. E a jovem carregava o próprio julgamento contra si mesma.

Alfredo, porém, também trabalhava no hospital, tratava-se de um médico plantonista extremamente simpático e cortês. Evidentemente, como Gio não facilitou o diálogo, ele a procurava em vão. Os horários não coincidiam.

Certo dia, em uma tarde primaveril, um jovem homem, de aparentemente entre 25 e 30 anos, entrou no hospital, com o joelho estourado a marretadas. A lesão era muito extensa, exigindo atendimento urgente. Gio era uma das enfermeiras de plantão naquele momento, porém, o caso do homem exigia cirurgia que ocorreria no plantão seguinte e, ela acabou fazendo parte da equipe. O médico destacado para a cirurgia tratava-se do ortopedista Dr. Alfredo Félix, que logo reconheceu Giovanna na equipe. Em um procedimento longo e delicado, o paciente precisava da amputação da perna e, com a perda de muito sangue, necessitava de uma transfusão urgente. Infelizmente, o tipo sanguíneo do tal homem não ajudava, tratava-se do Rh O negativo, o hospital não dispunha e a urgência era grande. Giovanna prontamente se candidatou.

– Eu faço a doação! Meu sangue também é O negativo.

A enfermeira atendia a todas as boas condições de saúde para fazer a doação e, fez. Logo após a cirurgia bem sucedida, o médico procurou Giovanna parabenizando-a pela disposição em ajudar.

– Santo Deus! Que ser humano não ajudaria um jovem com risco de morte? Um homem com toda a vida pela frente.

– Muitos não o fariam Giovanna.

– Eu faço. A vida tem muito valor para ser desperdiçada com mesquinhez.

– Você é surpreendente. Permita-me um café?

– Hoje não. Estou muito cansada e minha irmã me espera.

À noite, conversamos muito, ela com sua mãe no colo, brincando com os primeiros passos e ela contando suas descobertas no hospital, do homem que precisou de transfusão de sangue e acabou mencionando sobre o tal médico.

— Gio. Não é perigoso o contato com esse médico?

— Não sei Nicinha. Estou mais preocupada com a vida daquele homem.

No dia seguinte, assim que entrou no hospital, procurou o homem na UTI, que logo a reconheceu do atendimento na tarde anterior. O homem insistia em falar a todo custo.

— Não fale. O senhor precisa se poupar. Foi uma cirurgia muito delicada.

— Estou preocupado com minha esposa. Ainda não a vi. E sei que ela deve estar aflita.

— Qual o nome de sua esposa?

— Nazareth SantaElla Miranda.

Giovanna olhou para o prontuário e observou o nome do paciente. Nelson Miranda Filho.

— Não se preocupe Sr. Nelson. Vou procurar sua esposa e logo lhe darei notícias.

Pouco tempo depois retornou.

— Encontrei sua esposa. Eu a tranquilizei, disse que o senhor está se recuperando bem. Ela virá vê-lo à tarde, que é o horário permitido para visitas. Sempre que puder virei vê-lo, afinal, agora temos um elo que nos une.

— Você é a enfermeira que me doou sangue.

— Sim. Sou eu.

— Como posso lhe agradecer?

— Recupere-se. Cuide de sua família. Somos irmãos na família universal. Quando se recuperar da cirurgia, o senhor tem um longo caminho pela frente.

— Que caminho terei sem perna? Muitos.

— Tenha bom ânimo Sr. Nelson, a vida sempre nos convida a recomeçar. Cuide da cabeça. As mutilações da alma são tão dolorosas.

— A senhora parece falar em causa própria.

— Só estou lhe dizendo que o senhor é um homem cheio de vida, e vai encontrar um jeito, vai encontrar seu caminho de viver.

Se cumprimentaram e ela saiu. Nos corredores do hospital, logo Alfredo passou por Giovanna.

— Olá enfermeira da boa vontade! Falou brincalhão, o médico.

— Bom dia, doutor.

– Às vezes penso que você faz um esforço para me evitar.

– Impressão sua.

– Então porque não aceita meu convite e vamos tomar um café! Você é tão gentil. Não entendo sua frieza comigo.

– Não é frieza.

– Então aceite meu convite.

– Tudo bem. No final do plantão.

No final do plantão, o galante médico a aguardava. Saíram juntos rumo ao centro de Recife. O café Lafayette que na década anterior tratava-se de espaço que reunia os principais nomes da intelectualidade, ainda era um destino certo, escolhido por usineiros, deputados, médicos, literatos, comerciantes, estudantes, jornalistas e até governadores seduzidos por um espaço atraente e pela "melhor coalhada da região", lá os assuntos fervilhavam, movimentando a sociabilidade da capital pernambucana.

Lá Alfredo e Giovanna conversaram muito, o médico narrou que morava em Recife há pouco tempo e que esteve por alguns anos em Salvador, onde cursou medicina, que esteve no casamento de Gioconda por puro acaso, acompanhando os pais na cerimônia da filha do amigo de seu pai, o Sr. Viriato. Que havia se encantado por Giovanna à primeira vista e, que se frustrou profundamente ao saber de seu casamento. Giovanna murchou como uma flor delicada exposta ao sol ardente. O médico notou. E continuou.

– Muito me surpreendi ao vê-la em Recife, sozinha e depois de alguns anos. – Você ficou viúva? Tem filhos?

Giovanna ficou muda. Tentou pensar no que responder e acabou mentindo.

– Sim e não. Viúva e sem filhos.

– Então há esperanças para mim.

– Esperanças?

– Giovanna. Desde que a reencontrei a venho cortejando. E sei que embora me evite. Você sabe. Somos dois adultos. Não há porque jogos para nos conhecermos melhor.

O coração de Gio palpitou acelerado, e ela, sem qualquer previsibilidade, levantou-se, agradeceu e saiu. Alfredo, pagou a conta e correu em direção a jovem mulher.

– Giovanna. Por favor, espere!

E continuou.

– Me desculpe se fui direto. Juro, que não quis lhe ofender.

– Porque vocês homens acreditam que estamos sempre à disposição? Basta sermos cordiais ou gentis e logo se creem proprietários de nossa disponibilidade. Ou que estamos prontas a todo momento, para que se aproximem e satisfaçam seus desejos. Que espécie de homens são vocês? Falou nervosa, com a voz trêmula e embargada.

Alfredo pegou-lhe as mãos, olhou em seus olhos e falou:

– Desculpe, Giovanna. Por favor, me desculpe!

– Está desculpado. Mas não o faça novamente.

Saíram andando. Giovanna a caminho de casa seguia silenciosa e Alfredo a acompanhando.

– Chegamos. Advertiu Gio.

– Obrigada pela companhia nessa caminhada. Falou a enfermeira.

– Posso vê-la novamente?

– Vamos aos poucos Alfredo. Por favor!

Alfredo até tentou ser comedido. A questão é que, quanto mais Giovanna o evitava, mais, ele se sentia seduzido, e de tanto tentar. Mais cedo ou mais tarde, Gio cederia.

Certo dia, Giovanna foi visitar o paciente Nelson, que já não mais se encontrava na UTI, sempre que podia, ela estava lá, tentando levantar o ânimo do jovem homem a quem passou a chamar de irmão. Ele falava-lhe da esposa. Da filha, menor de 2 anos que faleceu a pouco tempo e que talvez a mulher não pudesse mais engravidar. Que seu sonho era ter uma família com sua esposa. Para ele, Giovanna abriu o coração. Falou do casamento armado pelo pai, das violências sem mencionar os estupros, da fuga temendo pela vida. Falou das filhas com pesar. Da filha mais nova Sara, adorada por sua grande amiga e irmã de alma. Ambos se consolavam à medida que a amizade se estreitava. Ambos falavam de esperança em busca de uma vida feliz.

Ao sair da visita, Giovanna foi surpreendida por Alfredo que a puxou para um compartimento pequeno onde os médicos plantonistas descansavam.

– Por que você fez isso? - Estás louco?

– Sim. Louco por ti!

E a beijou ardentemente. Inicialmente Giovanna resistiu, mas logo retribuiu o beijo. Aos poucos a jovem foi se entregando à paixão, Alfredo não queria mais esperar, desabotoou-lhe a blusa deixando os seios de Gio nus, beijou-lhe os mamilos, o pescoço, mordiscou-lhe as orelhas. Envolveu-a em um abraço, beijando seus lábios ardentemente e, naquele diminuto espaço, tirou-lhe a roupa íntima, levantou sua saia, abriu o *fecho-eclair*, deitou Gio na pequena cama e se consumiram no desejo que nutriram durante semanas. A partir daquela madrugada efêmera um tórrido romance se desenrolou. Alfredo também morava nos arredores do centro e, sempre que saíam do mesmo plantão, se encontravam na casa do médico. Beijos ardentes, sexo sem pudores, cavalgadas noturnas e diurnas. Sem violência, somente a esperança de um amor tranquilo. Giovanna nutriu a ilusão de um amor correspondido e de um relacionamento sincero. Alfredo, se consumia em paixão. Viajaram juntos, conheceram praias, restaurantes, voltaram inúmeras vezes ao café Lafayette e durante um ano se relacionaram apaixonadamente, até que Alfredo falou da necessidade de viajar para Salvador para resolver negócios e questões pendentes. E que no máximo em duas semanas estaria de volta.

Três semanas depois Alfredo voltou, aparentava inquieto e nervoso. E quando Giovanna pensou que iriam se encontrar, recebeu uma carta do jovem médico.

Querida Gio

Você e eu tivemos os melhores momentos e, vivemos o melhor que essa paixão pôde nos proporcionar. Muito mais do que seus beijos, seus carinhos e o calor do seu corpo. Convivi com uma mulher apaixonante, repleta de coragem e generosidade, além de incrivelmente linda.

Nutri em meu coração um carinho muito especial. Porém, antes de nos conhecermos, assumi um compromisso em Salvador. Sou noivo e mantenho uma relação de muita conveniência, visto que ao te conhecer, meu coração se inclinou a pulsar ardentemente por você.

Porém, não posso recuar diante dos compromissos assumidos. Meu futuro sogro deseja que eu assuma seus negócios e me convoca a marcar a data do casamento, bem como, morar definitivamente na capital baiana.

Fui covarde, sendo incapaz de contar-lhe a verdade. Confesso, não quero perder a oportunidade de viver essa aventura que é a vida com você.

Venha comigo para Salvador.

Por mais que possa parecer obscena essa proposta, é a solução que encontrei para realizarmos nossos sonhos de amor.

Lamento muito desiludir-te, especialmente os sonhos de uma união estável, que você como mulher merece ter, ainda assim, podemos nos manter apaixonados e amantes.

Terás tudo que necessita.

Te aguardo no porto em uma semana.

Do seu,
Alfredo

Foi com os olhos debulhados em lágrimas que Giovanna leu para mim a tal carta.

– Me diga Nicinha. Se sou essa pessoa tão maravilhosa. Porque não sou digna de um amor honesto? – Porque as conveniências são sempre mais importantes. Já fui vendida. Violentada de todas as formas. Estuprada. Abandonada sem nenhuma espécie de remorso. Agora esse convite para ser amante! Viver mais à margem do que a sociedade já me impõe. Seria descer demais. Não serei amante. Nem dele, nem de ninguém.

– Não sei o que dizer para aplacar a dor que consome sua alma Gio.

Gio rasgava lentamente as camisolas que lhe restavam. Transformava em farrapos, externando a dor que lhe consumia a alma, já que seu avesso mais uma vez se apresentava desgastado pelas tempestades que enfrentava. E ao final, respirou fundo e respondeu Alfredo, devolvendo-lhe outra carta.

Alfredo,

Você já fez sua escolha quando enganou a mim e a tua futura esposa. Não há futuro nessa paixão. Sou uma mulher com sentimentos e não apenas um pedaço de carne para satisfazer seus caprichos.

Não me espere.

Adeus,
G

Na mesma semana em que Alfredo foi embora, Giovanna descobriu que estava grávida novamente.

Definitivamente, a vida não tem facilidades.

Foi com muitas lágrimas nos olhos que Gio me entregou o exame confirmando a gravidez.

– Nicinha. Estou grávida.

– Meus Deus, Gio. – De novo!

– Sim. Falou baixando o rosto com pesar e, chorando silenciosamente.

– Você não está só. Vamos pensar em uma solução. Afirmei tentando acalmar sem sucesso um coração que sangrava de todas as formas.

– Não posso ficar sem trabalhar Nicinha. – Se as pessoas descobrirem que estou grávida, do jeito que essa sociedade é. E prosseguiu.

– Para todos serei sempre uma meretriz.

– Não, Gio.

– É sim. Foi o que ouvi Ludovico falando sobre mim para minha irmã. – E por acaso, quando eu trabalhava no atendimento do restaurante, não era por eu ser uma mulher bem afeiçoada que ele me colocou em tal função? Porventura, não havia intenções no atendimento educado, gentil, realizado por uma mulher. Pausou e continuou.

– Fui jogada sangrando em um mar de tubarões. Mas os mesmos que me jogam, são os que me julgam e me condenam. Quantas vezes fui assediada? Tocada? Inúmeras fui convidada a desfrutar dos prazeres carnais por clientes daquele restaurante. Quantas noites chorei?

– Gio, minha querida. Minha amiga e irmã do coração. Você está muito ferida.

– Nicinha, não me preocupo com o que pensam. Mas, com as consequências do que fazem quando pensam. Nessa sociedade estranha e injusta, serei sempre a criminosa. No entanto, só estou tentando sobreviver ao que sobrou de mim. E não se iluda. Se sou a prostituta. Nós moramos juntas. Você aluga quartos para moças que estudam e trabalham. Creia. Mulheres que tentam sobreviver e buscam independência e autonomia, serão sempre putas. Para essa sociedade, essas moças que trabalham e estudam não são menos rameras que eu. Seremos estigmatizadas como as putas e você a cafetina. A imagem da mulher será sempre desqualificada. A sociedade é assim. Somos a realidade viva desse preconceito.

– Sabrina. Giovanna estava certa em suas reflexões e conclusões. A dinâmica da sociedade em que vivemos se estabelece a partir da ideia de que um é o provedor para que outro o sirva, uma espécie de estrutura da organização social que coloca a mulher como subalterna do homem e serva desse mesmo indivíduo. A dinâmica do patriarcado se ancora nessa servidão injusta. Um faz e o outro serve. Papéis sociais separados por gênero. Ir contra essa dinâmica mexe com pilares muito profundos e robustos, visto que são ideias de poder e dominação. A sociedade e as microssociedades que a compõem são pautadas sobre esses pilares. As mulheres que rompem esse padrão, invariavelmente terão que pagar um alto preço, especialmente, ao se tratar de sexualidade. Um homem sexualmente ativo recebe as denominações mais positivas possíveis: tigrão, garanhão ou galo. Uma mulher em situação semelhante é galinha ou piranha, sempre animais com menor associação positiva, sempre colocando a mulher em um contexto depreciativo. Sua avó viveu isso!

13
UMA FILHA PARA AMAR

> "Ela nascera com maus antecedentes
> e agora parecia uma filha
> de um não-sei-o-quê
> com ar de se desculpar
> por ocupar espaço."
> *Clarice Lispector*

Nelson que ainda se encontrava hospitalizado, conversava frequentemente com a enfermeira. Aos poucos, o engenheiro mecânico e eu, nos tornamos os maiores amigos e verdadeiros irmãos de Giovanna. Ele a aconselhava, tentando com sua lucidez, compaixão e voz grave acalmar as emoções de Gio.

— Giovanna. Você é uma mulher tão corajosa, esforçada, trabalhadora. Merece muito mais. Merece alguém que a valorize e a ame de verdade. Falava o paciente amigo.

— Onde está esse homem Nelson? Me diga onde está esse príncipe encantado que aceitar-me-á do jeito que eu sou? Que homem me amará e me respeitará com os segredos que carrego? Que tipo de mulher sou eu? Criminosa? Ou vítima? O segundo papel no grande teatro da vida, eu não aceito. Buscar meu protagonismo é o que me mantém viva. A vida já me roubou o direito de escolha muitas vezes. Ser vítima não é uma escolha minha. Não o quero!

— A vida tem sido muito exigente com você, cara amiga Gio.

— Não sei, o que o Bom Deus quer me ensinar com desafios impostos. Tudo que vivo é consequência e não causa.

— Tenha força e fé. Você não está só. Tem um amigo aqui. Um irmão ao seu lado.

— E eu, Sabrina, assim, como na gravidez de sua mãe. Também fui cúmplice de Gio tentando ajudá-la a ocultar a nova gestação. Durante 7 meses, todos os dias a mesma rotina, enfaixar a barriga, conter os seios, usar roupas que disfarçassem mais uma vida sendo gerada, tentar não demonstrar os enjoos, não dar pistas para ninguém notar. A mentira é uma escravidão. E por acaso, ocultar também não é mentir. E não por acaso, Giovanna vivia várias.

Certo dia, Giovanna cobriria o plantão de uma amiga, mas, antes de se preparar para a ronda nos leitos verificando medicações e estado de saúde dos pacientes. Uma senhora de meia idade entrou no hospital em trabalho de parto e, prontamente Gio iniciou seu atendimento com os primeiros procedimentos para encaminhar ao médico. Ficou muito surpresa ao saber que se tratava da esposa do Dr. Humberto Albuquerque Baquit, o médico responsável pela pediatria do hospital. A esposa falava com Giovanna contando-lhe que há muitos anos estava tentando engravidar e, que depois de tanto tempo, finalmente, o bom Deus o tinha concedido a graça da maternidade. Expôs ainda que o Dr. Humberto estava extremamente feliz, visto que sempre amou crianças e tudo que queria era ter seus próprios filhos para amar.

A sra. Monalisa Dutra Baquit reclamava um pouco de desconforto e dor, nenhuma queixa excessiva e nada que fugisse da normalidade de um trabalho de parto, até que Giovanna notou um sangramento incomum, informando imediatamente ao médico obstetra e ao Dr. Humberto Baquit, ambos conversaram, identificando a necessidade de uma cesariana, a enfermeira acompanhou a cirurgia. Durante o procedimento, várias complicações se estabeleceram entre a mãe e a bebê, com isso, momentos de tensão ocorreram durante a cirurgia na tentativa de preservar a vida de ambas, no entanto, para desespero do Dr. Humberto, marido e pai, a pequena bebê não sobreviveu a primeira hora de vida, em consequência de uma má formação cardíaca.

A sra. Monalisa Baquit, após a cirurgia, foi encaminhada para um quarto, ainda sem saber que a filha não sobrevivera, dormia estimulada por um sedativo. O médico pediatra e pai, pranteava a perda da filha, especialmente, por não ter ideia de como contar à esposa, Giovanna acompanhava todo aquele drama familiar, porém, não tinha coragem de falar nada. Não tinha intimidade para tal e, apesar de tantas perdas, essa era uma dor que ela não sabia como mensurar.

— Meu Deus. Porquê? Murmurava o médico olhando aquele minúsculo corpo. E continuava.

— Tudo que queríamos era uma filha para amar. Monaliza já tem mais de quarenta anos. Fazê-la tentar mais vezes é um risco para ela. Refletia em voz baixa o médico.

— Dr. Humberto. Permita-me?

— Pode falar Srta. Porto.

— Preciso confidenciar-lhe algo. Que não sei se é o momento oportuno. Porém, em um momento de tanta dor, talvez seja uma possibilidade, um bálsamo, que traga alguma espécie de conforto. Mas, por favor. Não conte a ninguém.

— Pode falar.

— Dr. Humberto. Tenho uma amiga que está grávida, porém, está desolada, pois foi abandonada pelo pai da criança. Ela tem buscado soluções para sua situação, contudo, é muito difícil uma mulher solteira com filhos na sociedade em que vivemos. Explanou a Giovanna com os olhos marejados.

— Srta. Porto. Eu sei que tem tentado ocultar sua gravidez. Sou médico. E em alguns momentos é possível colocar suas formas em dúvida. Perdoe a observação. Compreendo também que a vida para as mulheres que ousam a independência financeira e a própria autonomia não seja nada fácil. Ainda assim, meu coração se enche de alegria com essa possibilidade. Eu só quero uma filha para amar. Porém, essa decisão não é só minha. Assim que Monalisa acordar, terei que contar sobre nossa filha. Depois de alguns dias conversarei com minha esposa sobre essa possibilidade. Caso ela concorde. Eu lhe procuro. E não se preocupe. Independentemente de qualquer situação, seu segredo está guardado.

— Obrigada Dr. Humberto.

Nessa noite, Giovanna caminhou lentamente aflita para casa. Seu coração estava apertado, sentia constrangida por ter contado sobre a gravidez para o médico e, principalmente, amargurada por ter se exposto. Assim como culpava-se, sentindo-se oportunista por ter abordado o médico em um momento de tamanha dor. Ao chegar em casa me contou tudo que se passou, conversamos, tentei acalmá-la, lhe dizendo que era preciso calma e que toda essa angústia poderia fazer mal a ela e ao bebê. Naquela noite, ela pouco dormiu e, várias outras também, a ansiedade pela resposta do tal médico a consumia.

Duas semanas se passaram, até que o médico a procurou pedindo para conversar a sós com ela.

— Srta. Porto, conversei com minha esposa e a ideia de termos uma filha para amar, mesmo que não seja consanguínea, iluminou nossa casa nos devolvendo alegria. Monaliza deseja vê-la e conversar com a senhorita. É possível?

— Dr. Humberto, sua resposta promove em mim relativo alívio. Ao mesmo tempo que também, um proporcional remorso.

— Não faça isso com a senhora. É uma crueldade emocional enorme já ter sido abandonada. Alimentar remorso não faz bem a ninguém. Pensemos nessa criança que está por chegar. Quando a senhora pode me acompanhar até minha residência? Pode ser hoje?

— Sim. O quanto antes.

— Então. Ao final do expediente lhe aguardo no café Lafayette, assim evitamos 'falatórios' no hospital e de lá a senhora segue comigo em meu automóvel até a minha casa. Estamos combinados?

— Sim.

Todo aquele dia parecia não passar. Tamanha era a ansiedade de Giovanna. Ao final daquele expediente, a enfermeira saiu em direção ao café conforme combinado. Do outro lado da rua, o médico a aguardava em seu automóvel. Seguiram juntos ao encontro da Sra. Monaliza.

— Monaliza, querida. Trouxe uma pessoa para conversar com você.

— É a Srta. Porto?

— Sim.

— Peça que entre. Vamos conversar.

Giovanna, aguardava em uma ante sala, logo o Dr. Humberto retornou convidando-a para entrar e conversar com sua esposa.

— Seja bem vinda, Srta. Porto. Vamos conversar sobre o filho que traz em seu ventre.

— Vamos. Respondeu Gio marejando os olhos.

— Humberto me falou que você foi abandonada grávida pelo rapaz em que estabelecia um relacionamento. E que isso tem lhe causado terrível instabilidade emocional.

— Sra. Monaliza, ter sido enganada e abandonada, já tem sido um desafio nada fácil de conviver. Ser mãe é uma dádiva. No entanto, não tenho condições de criar e cuidar de um filho como uma criança realmente merece, para que a dádiva de ser mãe se concretize. A beleza de ser mãe implica nas condições que temos para vivenciar a maternidade e, por todos os dissabores que a vida tem me proporcionado, acredite, a capacidade de ser mãe foi arrancada de mim.

— Srta. Porto. Posso chamá-la pelo nome?

— Sim.

— Giovanna, eu quero, ou melhor, preciso de um filho para amar. Busco isso há muitos anos. E o filho que carrega em seu ventre é uma esperança para mim e para Humberto. Mas, tenho duas condições.

— Fale, por favor!

— O filho que traz em seu ventre será registrado como meu filho e de Humberto. E não como um adotado. Quero dar-lhe todas as prerrogativas de um filho dos Dutra Baquit. Na outra condição, preciso saber quem é o pai dessa criança.

Giovanna chorou e, eu nem sabia mais o porquê daquele choro, já que tentava a todo custo fugir da infelicidade, chorava agora na constância da desilusão, da frustração. A vida lhe açoitava sem piedade e nem compaixão.

— Tudo bem Sra. Baquit. Aceito suas condições. No entanto, também tenho as minhas.

— Pode falar!

— Sr. Humberto. O senhor acredita que outras pessoas desconfiam da minha gravidez?

— Acredito que não. Só suspeitei por acompanhar a gravidez da minha esposa. E vocês duas apresentavam algumas similaridades. Muito embora você consiga ocultar sua barriga muito bem. Se eu não estivesse atento a Monaliza, seus enjoos matinais e indisposições passariam despercebidos, pois você vem conseguindo disfarçar tudo muito bem.

— O pai do meu filho é o Dr. Alfredo Félix.

— O Dr. Alfredo Félix? Interrogou o Dr. Humberto.

— Sim. Ele mesmo!

— Mas porque o Dr. Alfredo não casou com você? Se ele é um homem solteiro e você uma moça tão inteligente, esforçada e bem afeiçoada? Porque lhe abandonou indo embora tão repentinamente?

Giovanna sacou a carta que recebeu de Alfredo e a entregou à Sra. Monalisa. A Sra. Baquit leu a carta e respondeu ao marido.

– Ele é um leviano Humberto. Mantinha um compromisso em Salvador, enganou a noiva, enganou a Srta. Porto. No mais, retornou por ambições econômicas, oferecendo a Srta. Porto a condição imoral do relacionamento extraconjugal.

Giovanna chorou, sentindo-se tão humilhada quanto outrora.

– Admiro sua coragem Giovanna. Expôs Monaliza. Seria muito mais fácil ceder à paixão e abrir mão da dignidade de mulher.

– De qualquer forma Sra. Monaliza, manter a dignidade, é um defunto que tento ressuscitar todos os dias. O abandono é uma frustração irreparável. A mentira que devasta outro ser, deveria ser crime, não é? Algumas mentiras e omissões são contadas por proteção de si e de outros. A mentira que prejudica outras pessoas deveria ser crime, mas não é. Tenho muitos segredos que segregam minha alma. No entanto, ser concubina de um homem casado é um delito que não almejo levar para o outro lado da vida. Preciso proteger-me a todo custo. E continuou.

– Esse filho precisa nascer em minha casa.

– É um risco Giovanna. Para você e para a criança. Falou o Dr. Humberto.

– Seu pedido é uma insanidade Giovanna. Afirmou, a Sra. Baquit.

– Pensem bem. Se essa criança vir ao mundo em um hospital não haverá segredo. Nosso círculo social, entre médicos e enfermeiros, é muito estreito. Sendo essa criança um legítimo Dutra Baquit e, sendo eu, uma mulher solteira sem filhos. Essa criança pode e deve nascer sob absoluta discrição.

– Pensando por esse lado, esse é um risco que teremos que correr. Afirmou Monalisa com pesar. Porém, tal nascimento se dará aqui, em minha casa. Percebo seu pesar com essa decisão e, não posso correr o risco da senhorita declinar.

– Então, estamos acordados? Indagou o Dr. Humberto.

– Sim. Responderam em uníssono Giovanna e Monaliza.

Três semanas se passaram e foi durante um plantão em que o Dr. Humberto também trabalhava que Giovanna entrou em trabalho de parto. A enfermeira logo comunicou ao médico. Ambos combinaram que ela deveria pedir dispensa, informando que não se sentia em pleno estado de saúde. Ele do mesmo modo o faria, avisando que sua esposa precisava de sua atenção, por ainda não ter se recuperado da perda da filha.

Giovanna, apesar de ter entrado em trabalho de parto, saiu caminhando lentamente. O médico saiu depois para não despertar suspeitas, concedendo uma carona a enfermeira já no meio do caminho, onde seguiram para a mansão dos Baquit. Giovanna argumentava com o Dr. Humberto que necessitavam de ajuda, pedindo-lhe que me buscasse, diante da exigência do segredo e discrição, o médico aceitou. Pouco tempo depois, o Dr. Humberto chegou em minha casa, tal qual um motorista, que me entregou um bilhete.

Nicinha,

Entrei em trabalho de parto. Preciso da sua ajuda. Estou na mansão dos Baquit, bem sabes o porquê. Venha com Sara, traga-a com você. Aqui tem quem cuide dela, não tenho como prever em quanto tempo o bebê virá a este mundo tão imprevisível quanto cruel.

Preciso do seu abraço, virar as costas para outro filho é mais um pedaço de mim que se vai.

Da sua irmã pródiga,
Gio

Em poucos minutos, Sara e eu entramos no automóvel do Dr. Baquit, seguindo uma marcha lenta e silenciosa para a mansão onde Giovanna e a Sra. Monaliza nos aguardavam. Na casa, a Sra. Baquit nos recebeu com sorriso largo, conduzindo Sara a ficar com Maria, uma simpática senhora que cuidava da mansão dos Baquit.

Num discreto e reservado quarto disposto no piso superior da mansão, se encontravam Giovanna e Monaliza ao seu lado, segurando sua mão.

Giovanna, tentava a todo custo manter o silêncio, só era possível perceber a intensidade de suas dores quando as lágrimas se avolumavam ainda mais e suas mãos apertavam as minhas e da Sra.

Baquit com relativa força. Embora eu estivesse acompanhando o parto, eram poucas as solicitações do Dr. Baquit, assim, eu passava mais tempo apoiando e acolhendo minha irmã de alma que qualquer outra coisa e, tal qual, o parto de Sara, Simone veio ao mundo poucas horas depois e sem nenhuma complicação, cheia de vida e saúde, rompendo o silêncio daquele quarto com o choro daqueles que adentram a existência, inocentemente, sem conhecer as adversidades que a vida impõe.

Foi através das mãos do próprio Dr. Baquit, que nasceu Simone Dutra Baquit, sendo encaminhada para os braços da mãe, Monaliza, a paisagem tão bucólica quanto sagrada se completava com o olhar e abraço paternal do Sr. Humberto. Eu segurava a mão de Giovanna, enquanto ela observava com olhar compassivo, o quadro daquela cena, um espectador diante de uma ópera triste, onde para que um seja feliz, outro tenha que sofrer, parcas lágrimas rolavam lentas até que ela me fitou com olhar penetrante com quem tentava costurar-se sozinha de uma ferida aberta com as vísceras expostas.

Monaliza, que mantinha-se estimulando o desmamar mecânico, logo expôs as mamas alimentando a pequena Simone em um farto banquete. Selando ali, no reservado daquele quarto, um pacto de segredo e maternidade.

14
BARBÁRIE EM QUATRO ATOS

> "A violência é uma questão de poder.
> As pessoas se tornam violentas
> quando se sentem impotentes."
> *Andrew Schneider*

Giovanna consolidava-se como enfermeira, passando a ser respeitada por sua competência, atenção e generosidade. Tentava a todo custo manter as portas do coração fechadas para o amor.

Frequentemente conversava com o amigo Nelson e com sua esposa Nazareth, foram estreitando laços de amizade, de modo que o casal amigo sabia de todos os segredos de Giovanna. E isso, lhe proporcionava relativo alívio. Quando Nazareth após alguns anos de casamento engravidou, alegrou-se com a felicidade do casal.

Em nosso lar, durante um tempo convivemos em relativa paz. A rotina era simples entre sua avó, sua mãe e eu, afetos, amizade, irmandade e cumplicidade nos unia. Algumas vezes, em seus horários de folga íamos ao Ristorante Dulce, outras conversávamos muito sobre o hospital, seus sonhos e aspirações. Eu, de toda forma, fui tentando me adaptar às situações que a vida me impôs e as escolhas que eu mesma fiz.

Dois anos se passaram em uma rotina monótona. Eu tentando sempre sobreviver aos preconceitos. Giovanna tinha razão, fui estigmatizada como cafetina, olhares tortos, cochichos e destratos se tornaram comuns na padaria, na mercearia e até no Ristorante Dulce. Ludovico revelou-se um homem altamente preconceituoso. Racismo e misoginia quando andam de mãos dadas são ainda mais cruéis. Quantas noites eu e Giovanna debatemos sobre a ignorância que habita nos preconceitos contaminando os corações humanos.

Assim, como se tivéssemos que andar armadas e de escudo em punho o tempo inteiro, seguíamos os nossos dias. Giovanna nos hospitais e eu nas atividades do lar.

Cuidava dos quartos das meninas, lavava roupas, cuidava de Sara, ensinava-lhe as tarefas da escola e nos momentos mais difíceis dizia para a pequena que mantivesse a disciplina, buscando sempre coragem e força para seguir em frente, pois um dia ela seria uma grande e respeitada médica. A possibilidade de salvar vidas brilhou os olhos da pequena Sara ainda na mais tenra idade, as histórias sobre o hospital que Gio contava fortaleceu em minha pequena o desejo de enveredar-se para a medicina.

— E a senhora? Além das obrigações? O que fazia para se distrair? Como se sentia?

— Sabrina. Sempre fui afeita às leituras. Os livros de Giovanna eram lidos por mim com relativa frequência, estudava sempre que podia para manter minha sanidade, lia de tudo, inclusive os poemas e cartas de Gio. desde os jornais aos clássicos romances. Mas foi observando a minha própria rotina e a de tantas mulheres que me dei conta, ainda muito cedo, que existe e sempre existiu diversos trabalhos muito mal pagos, quando não remunerados pelo sistema capital. O trabalho de cuidar do lar, de cuidar de crianças alimento-as, ensinar a andar, ensinar a falar, trocar fralda, dar banho, trocar de roupa, alimentar de novo, colocar para dormir, ensinar tarefas escolares; cuidar de idosos, de cozinhar, lavar, passar, limpar, fazer sexo, ter filhos. Todos esses serviços organizados como essenciais para a formação de uma família e o viver em uma sociedade que se diz civilizada, sempre foram trabalhos importantes, não pagos por serem atribuídos às mulheres e, quando pagos, muito desvalorizados. Afinal, nesse sistema onde o pátrio poder impera, o homem é o provedor e a mulher é quem serve a toda família. Quando esses trabalhos são pagos, os valores são os mais baixos possíveis, e, sendo uma mulher negra, a desvalorização é ainda maior. Espécies de subempregos designados historicamente para mulheres e pessoas escravizadas. Eu vivi isso. Sua avó fugiu disso, no entanto, foi violentamente esmagada por essa sociedade, que se intitula civilizada.

Giovanna seguia firme no seu propósito. Estabeleceu-se na profissão. Nutriu bons amigos, o casal Nelson e Nazareth, os Baquit, sempre muito querida entre pacientes fosse da capital ou interior, que frequentemente lhe traziam alguns presentes, goiabada cascão, doce de leite feito em casa, queijos artesanais. E sempre que Giovanna chegava em casa com algum presente dos ex pacientes, Sara amava, pequenas amabilidades que se tornavam alegria em casa. Gio como enfermeira também desenvolveu boas amizades profissionais, embora o irmão Gianne sempre mantivesse relativa distância, a enfermeira ganhou o respeito do irmão, do Dr. Humberto Baquit, por sua discrição, disciplina, dedicação e profissionalismo.

No que dizia respeito a sua vida pessoal, depois de dois romances sucessivos com médicos, abandonada duas vezes, Giovanna decidiu adotar uma postura mais séria que a habitual, beirando até relativa austeridade. Seu intuito era impedir qualquer tipo de cortesia com intenção de aproximação, especialmente, com seu meio de trabalho. Os frustrantes romances sucessivos lhe concederam na bela face um olhar melancólico, que ela tentava camuflar a todo custo com sorriso e gentileza.

— Mas, Sabrina. A Vida não deu tréguas para Giovanna.

Certa noite, em um dos raros plantões noturnos, Giovanna voltava da ronda na madrugada quando foi surpreendida por Dr. Bernardo Mota, um dos médicos plantonistas que puxou a enfermeira pelo braço para dentro da sala de descanso, reservada aos médicos.

— O que é isso Dr. Mota, tenha compostura. O senhor está me machucando?

– Não se faça de sonsa. Não faz sentido uma mulher tão bela, dedicada e educada, trabalhando dias e noites em um hospital. O que lhe falta é um homem que satisfaça suas necessidades, para que ocupe seu papel de mulher. Falava segurando os braços da enfermeira com força.

– Pare com isso, Dr. Mota! Falou rispidamente tentando se desvencilhar.

O médico puxou a enfermeira para dentro do quarto jogando-a sobre a pequena cama que havia. Giovanna tentou correr, mas o médico foi mais rápido que ela, trancando a porta e lhe aplicando uma bofetada na face, que a fez cair sobre a cama novamente. A jovem Gio entrou em desespero ao lembrar dos sucessivos estupros que sofreu com o marido, faltou-lhe a voz. Mesmo em choque tentou lutar e, lutou, em vão. O médico puxou a bata da enfermeira com tamanha violência que os botões sacaram a distância, enquanto digladiavam e ela buscava desvencilhar-se do monstro, ele rasgou-lhe a blusa e quando ela tentou gritar o criminoso desferiu-lhe outro tapa e tapou-lhe a boca. Giovanna não acreditava na violência que estava vivendo, nas lembranças horrendas se repetindo na vida real. Aquela criatura hedionda levantou sua saia e rasgou-lhe as roupas íntimas penetrando-a com ferocidade, sugando-lhe pescoço, ombros e seios. Como ela mantinha a repulsa lutando, ele não conseguia beijá-la, então, revidou a rejeição assentando-lhe mordidas. Quanto mais ela pelejava, mais ele se satisfazia, até que chegou ao seu gozo final. Levantou-se de sobre a mulher, fechou o fecho-éclair e ajustou o cinto olhando desdenhosamente para Giovanna que chorava.

– Cale-se. Mantenha-se em silêncio. Nem um piu do que aconteceu aqui. Você sabe muito bem como guardar segredos. Sou um médico respeitado e, claro, você é a mulher que se deu ao desfrute, se não nos provocasse com sua formosura jamais despertaria desejos tão pecaminosos. Bateu a porta e saiu.

Giovanna se viu em frangalhos. Tal qual os retalhos de uma colcha velha que se decompõe, tentou inútilmente se recompor. Diligenciou em sair sem ser notada, deixou o hospital pela porta dos fundos. Saiu pesarosa tal qual uma marcha fúnebre em direção a nossa casa. Fui surpreendida por Gio às duas horas da manhã, sussurrando meu nome.

– Nicinha. Acorde! – Nicinha. Me ajuda por favor! Nicinha. Preciso de você!

Quando acordei, vi no olhar de Giovanna a mesma tristeza profunda quando a recolhi do chão após a primeira surra que ela recebeu do Coronel.

— Não faça barulho. Por favor. Para não acordar Sara.

Minha filha. Nossa filha, dormia tal qual um anjo, sem ter a mínima noção do que se passava naquela noite. Ao sair do quarto, com a luz da sala de jantar acesa me horrorizei.

— O que houve, Gio?

— Um médico plantonista me tomou a força. Lutei de todas as formas que pude. Mas não consegui evitar. Sussurrou em lágrimas.

Não haviam palavras a serem ditas. A única coisa que eu podia fazer era abraçá-la e acolhê-la com todo o amor e apoio que eu tivesse para ampará-la. Mais uma madrugada terrível em sua vida. Mais uma vez ajudei Gio a banhar-se, ela escovava-se debaixo do chuveiro como se estivesse contaminada, como se fosse causadora e não a vítima.

— Sabrina. Giovanna foi martirizada sem piedade.

— Nicinha. Sou tão temente a Deus. Mas oro, oro tanto. Tento cotidianamente ser uma pessoa conforme os ensinamentos de Jesus. — Porque Deus me abandonou?

— Deus não te abandonou, Gio. Os homens é que são cruéis. É a sociedade que nos marginaliza. Isso não tem a ver com O Criador, são os atos da criatura.

— Nicinha. Não vou me calar.

— Você está certa disso?

— Gianne é diretor do hospital. Ele terá que me ouvir.

— Falava enquanto continuava a se limpar, se ensaboando e se esfregando.

Fiquei com ela em seu quarto, separei uma camisola, antes de vestir-se ela se olhou no espelho, observou o corte na boca, o olho meio roxo, hematomas no pescoço, nos ombros, algumas mordidas evidentes, hematomas nos seios e no abdômen. Nas coxas também tinham hematomas. De tanto que se debateu, nada dava para saber quem a machucou mais. Se o estupro ou a luta corporal. A violência deixava mais uma vez marcas irreparáveis.

Dormi sentada, tentando acalmá-la, tamanha era sua revolta. Ela não dormiu. E quando o dia amanheceu. Tomou novo banho, vestiu um vestido leve, colocou um longo casaco sobre o vestido, envolveu o pescoço com um lenço para ocultar as manchas.

– Gio, para onde você vai?

– Falar com Gianne. Ele terá que tomar uma providência. Respondeu e saiu.

A enfermeira chegou muito cedo. Certificou-se em ver o médico estuprador sair do hospital ao final do plantão. Sentiu-se mais segura para esperar e, finalmente, entrou. Escorou-se na parede próxima à porta do diretor do hospital, quarenta e cinco minutos depois, Gianne chegou. Ele a avistou e logo entendeu que era sério.

– Preciso falar com você.

– Entre.

– Gianne, por favor. Tranque a porta, é muito sério.

– Você está me deixando preocupado, Gio.

Giovanna contou em detalhes para o irmão o que aconteceu naquela madrugada. Chorou silenciosamente. Falou como se sentia diante do estupro, da violência e, especialmente de reviver os momentos hediondos que viveu no matrimônio e, o pior, a ordem que o criminoso lhe impôs, que após ser abusada, se mantivesse calada. A enfermeira sentiu-se ultrajada de todas as formas e, externou isso para o irmão, exigindo-lhe um posicionamento de diretor do hospital.

– Não estou aqui como sua irmã. Estou aqui como enfermeira dedicada, que estudou muito e se preparou para estar aqui. Mereço ser respeitada como ser humano. Exijo uma providência.

– Giovanna. Lamento muito tudo o que você viveu. Como seu irmão, minha vontade é de vingar-te desse energúmeno, que jamais poderia ser chamado de homem. Infelizmente, como diretor desse hospital nada posso fazer. Ele certamente irá expor sua imagem de mulher, desqualificando-a e, até colocando a culpa em você, afirmando que você se insinuou para ele. Certamente, dirá que você fez o que quis e, que por certo está querendo extorqui-lo por ele ser um médico bem sucedido.

– Estou sem acreditar que você está protegendo esse monstro. Giovanna revoltou-se com o irmão.

– Olhe para mim! Ordenou enquanto tirava o lenço do pescoço e abria o casaco.

– Você vai ser realmente conivente com essa violência? Olhe o que esse monstro me fez! Você tem noção da extensão da violência que não se pode ver? Pegou um lenço umedecido e passou no rosto e na boca.

– Veja!

O médico observou o corpo da enfermeira, constatando facilmente e em choque, a brutalidade da violência sofrida pela irmã.

— Meu Deus Gio. O que ele lhe fez? — Não resolverei isso como diretor desse hospital. Mas como seu irmão.

— Como meu irmão, você me pediu para nunca mencionar nosso vínculo familiar. Então como diretor, o que fará? Ocultará o crime desse facínora? A conveniência o protege. Afinal, não temos tantos médicos quanto precisamos. Não é mesmo?

— Não, Gio, não é isso.

— Está muito claro para mim. Providencie minha transferência para outro hospital. Prefiro recomeçar minha trajetória a cruzar pelos corredores com essa criatura deplorável. Sem contar que ele ainda pode cometer tal violência novamente, já que nada será feito para puni-lo e tão pouco para proteger-me.

— Gio. Vamos conversar!

— Não há o que conversar. Use o prestígio e a influência que sabemos que você tem e me coloque em outro hospital. Eu não piso aqui nunca mais. Prepare tudo. Você sabe onde me encontrar para assinar os documentos necessários. Você me deve isso! E com um olhar amargurado e desiludido olhou para o irmão, fechou o casaco, envolveu o lenço no pescoço e saiu. Deixando-o perplexo.

Giovanna passou quinze dias em casa em uma tristeza profunda, do quarto para o banheiro, do banheiro para o quarto, do quarto para a cozinha. Em silêncio total. Tentei acolhê-la. Mas, era impossível. Ainda assim, pude ser sua companheira, zelando por sua alimentação e insistindo que ela não abandonasse sua alegria e vontade de viver. Foram dias difíceis.

Os pais de Simone vieram vê-la. Ela os recebeu advertindo-os que estava doente. O Dr. Humberto desconfiado, perguntou se ela realmente estava doente. Monaliza perguntou se precisava de ajuda. Ela respondeu que eu estava cuidando dela. Conversaram um pouco mais, falaram de Simone. Giovanna falou pouco, ainda assim, prometeu visitá-los assim que melhorasse e, logo disse que precisava descansar. Mais dias se seguiram, o casal Nelson e Nazareth também vieram vê-la, em uma visita rápida, Giovanna pouco falou. Mais dias se passaram, até que Gianne também apareceu.

— Oi Gio. Como você está?

— Como você acha que estou?

— Eu não tenho como mensurar seu estado. É uma dor individual que ninguém é capaz de sentir por você. Quem dirá um homem? Ainda assim, posso ter compaixão por você. Consegui a transferência que você me pediu. Usei toda a influência e contatos que disponho para colocá-la profissionalmente no Hospital Pedro II, é um hospital de referência e você terá boas oportunidades, sua entrada não será de imediato, ainda assim é certa, peço a paciência de aguardar um pouco. Quanto ao médico criminoso, ainda não consegui puni-lo. Mas acredite, o farei.

— Suas notícias confortam meu coração. Esperar é um tempo necessário para que eu possa colocar minha cabeça e emoções em equilíbrio. Um mês se passou e, além das consequências da violência. Tenho sentido alguns sintomas.

— Sintomas? Que sintomas?

— Gravidez.

— Não é possível, Giovanna.

— Porque não seria? Porque foi violento? Porque não foi dentro de um casamento? Porque não foi abençoado por Deus? — Porque não foi permitido? — E por acaso a marcha inexorável da vida no que depender dos homens tem regras de respeito e etiqueta para seguir? — Ou porque seria mais um filho não programado, não planejado e que também não tenho condições de cuidar?

— Estou sem palavras. Você não precisa seguir com essa gravidez adiante.

— Se eu realmente estiver grávida, não arrancarei de mim uma vida como se esse bebê fosse o infrator. Não serei uma criminosa tal qual o pai desta criança. Por enquanto, não tenho certeza ainda. São sintomas. Pode ser apenas de cunho emocional. No entanto, se essa desconfiança se concretizar. Até que eu volte a trabalhar. Preciso de sua ajuda.

— Não se preocupe. Não a desampararei.

Cumprimentaram-se, Gianne a abraçou e saiu.

15
MATERNIDADE RENEGADA

> "Toda mulher, ao saber que está grávida,
> leva a mão à garganta: ela sabe que dará à luz
> um ser que seguirá forçosamente o caminho de Cristo,
> caindo na sua via muitas vezes
> sob o peso da cruz.
> Não há como escapar."
> *Clarice Lispector*

— Bom dia Dr. Gianne. Recebi seu chamado. O que houve?

— Entre, por favor. E tranque a porta.

— Parece sério!

— E é. Falou levantando-se o Dr. Gianne, que prosseguiu.

— Eu sei o que você fez!

— Do que o senhor está falando, Dr. Gianne?

— Não se faça de desentendido seu facínora.

— Estás louco? Que desrespeito é esse? Com quem pensa que está falando? Falou rispidamente, tentando intimidar o gestor do hospital.

— Ora, ora. Não é que agora se revelou o Dr. Bernardo Mota. Vai tentar me intimidar, doutor? Vai tomar liberdades ou tomar-me a força como fazes como as enfermeiras deste hospital?

— Calúnia. Eu jamais faria isso. Essas mulheres que não se comportam, se insinuam e não conhecem o seu devido lugar.

— Eu sei o que você fez a Srta. Porto.

— Prove! Sussurrou maquiavélico e continuou.

— Eu sou um médico, um doutor. Sou um Mota, o sobrenome da família que repousa em meu nome tem seu valor. Quem terá seu nome arrastado na lama? Eu? Ou a enfermeira repleta de segredos?

104

Não me venha com falso moralismo Dr. Gianne. Somos um homem. É porque essas mulheres não haveriam de nos servir?

Inesperadamente, Gianne desferiu-lhe um soco no meio da face. Surpreendendo o médico cínico, que tombou.

— Imundo! Homem é qualquer coisa muito diferente que usar impensadamente a verga de entre as pernas.

— Vou tomar providências contra o senhor, Dr. Gianne.

— Bem se vê que és um covarde, capaz de se aproveitar da fragilidade física de uma mulher para praticar atrocidades. Você se diz homem. Aqui estamos de igual para igual. Por que não utiliza toda sua masculinidade agora?

— Isso não ficará impune, Gianne!

— Lhe digo o mesmo. O ato infame, que praticou contra a Srta. Porto, não ficará impune. Não descansarei até te colocar atrás das grades.

— Duvido muito.

— Veremos. Retire-se seu devasso!

— Sabrina. Giovanna estava certa. Os frutos do estupro não se resumiram aos traumas. Uma vida pulsava mais uma vez em seu ventre.

Apesar da curiosidade e das especulações que muitas pessoas nutriam sobre a enfermeira, dada a sua repentina saída do hospital em um momento tão promissor profissionalmente, especialmente, a discrição que mantinha de suas dores e amores, Gio seguia tentando manter-se íntegra, se é que era possível.

Recebia algumas visitas, que eram restritas, vez por outra o casal Nelson e Nazareh vinham vê-la; dois anos após perder o primeiro filho, a esposa de Nelson, tal qual Gio, se encontrava no começo de uma nova gestação, Nazareth sentia-se insegura temendo não sustentar a gravidez novamente, Giovanna lhe orientava sobre os cuidados, solicitando que não ficasse tão ansiosa; ambos lamentaram muito a saída repentina da enfermeira e, embora ela não estivesse escondendo a gestação, também não queria falar sobre o assunto. Os Sr. e Sra. Baquit, também vinham vê-la, o Dr. Humberto reforçou com Giovanna que ele e Gianne garantiriam sua colocação em um novo Hospital, que era só uma questão de tempo. A Sra. Monaliza queria entender o que se passou no hospital para a saída inesperada da enfermeira, porém, Gio esquivava-se do assunto. Outros que também deram o ar de sua graça foram Ludovico e Gioconda, visita que se tornou cada vez mais frequente.

Giovanna, tinha um ritual diferente para ocultar à gravidez, restringia-se a clausura domiciliar. Enquanto aguardava a convocação para o trabalho no Hospital, lavava pratos e roupas, passava, varria, limpava, cuidava de Sara, mantinha-se ocupada de todas as formas, esquivava-se o quanto podia do ócio e, sob nenhuma circunstância saia de casa. Foi o período em que mais convivemos, enquanto nossa amizade se fortalecia, o cristal das ilusões trincava.

– Sabrina. Desilusão é espólio falido. Não se emenda cristal quebrado.

Em uma manhã chuvosa de abril do ano de 1949 Gio entrou em trabalho de parto, sempre recusando-se ao auxílio hospitalar, na tentativa de ocultar a maternidade solitária. Mesmo contra a vontade da enfermeira, recorri ao auxílio de seu irmão, em virtude de um dia inteiro em sofrimento para parir, Gianne a socorreu prontamente, não só indo até a minha casa, mas também, dando toda a assistência necessária. Foi apenas na manhã seguinte que o pequeno Saulo abriu os olhos para o mundo, recebido pelos braços do tio. Duas semanas depois a convocação para trabalhar no Hospital Pedro II foi confirmada e, antes mesmo de findar o resguardo, a enfermeira já estava a postos para trabalhar.

Eu também cuidei de Saulo, porém, por muito pouco tempo. Tanto eu, quanto Gio, sabíamos que era impossível para nós duas, mantermos duas crianças, não apenas do ponto de vista material, mas do emocional, do social; amor não nos faltava, o que escasseavam era todo o resto. Estávamos entre a cruz e a espada. Principalmente, Gio. Que se desdobrava no hospital e quando estava em casa, com o filho também. Para ela, era muito mais fácil ser tia, do que ser mãe.

– Sabrina. A vida exige muitos cuidados!

O puerpério é de tantas alegrias para muitas mulheres. Giovanna queria essa alegria, mas não a sentia. Nem tinha como. Para ela, a maternidade não nascia em sintonia com os filhos. Ao contrário, cada filho que vinha ao mundo, nascia uma culpa e uma sentença.

A maternidade não é essa ternura tão amplamente romantizada ou como culturalmente querem parecer que seja, propagando-a fantasiosa. A gestação em via de regra dói. O parto, dói. O pós parto, dói. Amamentar, dói. Ver o filho chorando, dói. Não dormir direito, dói. Servir a todos e ser a última, dói. Não ter hora pro banho, dói. Ter um dia cansativo e não poder descansar, dói. Andar com as unhas e os cabelos a fazer, dói. Arrumar todos e sair bagunçada, dói. Não ter tempo pra si, dói. Mãe precisa de ajuda e não de críticas, de carinho e não de porradas. Quem cuida de todos, precisa de cuidados também. A maternidade não é fácil, a realidade é difícil.

— Sabrina, a maternidade foi muito romantizada ao longo do tempo, porque em geral, é a mulher que fica para o homem galgar e ocupar seu espaço na sociedade. A maternidade nem sempre é linda. Lindo é o amor que as mães são capazes de nutrir por um filho, amor capaz de suportar tudo. Preciso te falar sobre coisas que quase ninguém nos conta: dentro de cada mãe há dores e renúncias que ninguém vê. Muita coisa muda com a chegada de um filho. E essa mudança dói, pois agora as atenções são todas para o bebê. A mãe se coloca em segundo plano junto com as suas necessidades. E isso também dói. É solitário acordar sozinha de madrugada para amamentar e passar noites em claro ninando um bebê. É solitário não ter assunto para conversar porque toda sua realidade se resume a choro, leite, fralda e sono acumulado. É solitário ser 'a grande' responsável pela saúde e bem estar dos filhos. Tendo pai já não é fácil e, sendo mãe solteira? É solitário se dar conta da própria descartabilidade, quando te excluem dos espaços de trabalho, de estudos, do lazer e do amor. Giovanna não aceitava ser descartada. A lista da solidão maternal é longa e se alonga de acordo com o desprivilégio de cada mulher, eu também vivi isso. São muitas coisas que ninguém conta sobre a maternidade. É preciso dizer para você, já que logo em breve também será mãe, que também passará por isso: — Você será uma excelente mãe, independentemente do quão frustrada você se sinta e, você vai se sentir. Você será uma excelente mãe mesmo exausta, mesmo sentindo a pior solidão. Mesmo achando que não vai dar conta. E acredite, tem horas que você realmente não vai dar. Ainda assim, Sabrina, você será uma excelente mãe, já que essa foi sua escolha. Escolher é um dos maiores privilégios da vida. Quantas escolhas Giovanna não teve? Quantas outras foi impelida a fazer?

Com o passar dos dias, as visitas de Ludovico e Gioconda se tornaram cada vez mais frequentes, vinham especialmente para ver Saulo, e logo que o pequeno completou seis meses, fizeram a proposta de adotar o filho de Giovanna.

Gio e eu já tínhamos conversado muito sobre o pequeno Saulo, era complexo e desafiador por demais, para nós duas mantermos mais uma criança, quando os Dulce trouxeram a proposta de levar o pequeno Saulo com eles, lhe oferecendo acolhimento, carinho e um lar digno conforme os ditames sociais, Giovanna aceitou a proposta, por acreditar nas promessas realizadas e, principalmente, por querer o bem do filho e vendo-se na impossibilidade de dar ao recebendo o que acreditava ser essencial para a sua criação e tudo que uma criança merece. Culpava-se, não se sentia uma mãe digna. Assim, Saulo tornou-se Saulo Cavalcante Dulce.

— Desse modo, Giovanna costurava seus dias com culpas e sentenças que só se acumularam.

16
COMO UMA ONDA NO MAR

> "O que é preciso é não ir demais contra a onda.
> A gente faz como quando toma banho de mar:
> procura subir e descer com a onda.
> Isso é uma forma de lutar:
> esperar, ter paciência, perdoar, amar os outros.
> E cada dia aperfeiçoar o dia."
> *Clarice Lispector*

A enfermeira seguia firme trabalhando no tradicional Hospital Pedro II, seu propósito era se estabelecer profissionalmente e, o que mais almejava era conquistar independência financeira e autonomia.

Não pensava em nutrir e, tão pouco dar espaço para qualquer tipo de relacionamento, especialmente, no ambiente de trabalho. Ficou traumatizada com médicos, nos plantões noturnos em que era escalada, não descansava de modo algum, passava as noites concedendo total atenção aos pacientes, mantendo-se na máxima atividade possível e, ao final de seu turno, o destino certo era o lar.

Evidentemente, não faltaram pretendentes para Giovanna, entretanto, durante dois anos esquivou-se, evitando qualquer tipo de relacionamento, sempre que sentia necessidade de novos ares para pensar na própria vida, seu local era o café Lafayette onde conversava com algumas outras enfermeiras colegas de trabalho. Mantinha um relacionamento sólido de amizade com o casal Nelson e Nazareth. Visitava a família Baquit, com quem estabeleceu também estreito relacionamento fraternal e, por vezes, caminhava na praia de Boa Viagem.

Foi em uma de suas caminhadas que conheceu Miguel Ferrante, um marinheiro que morava em Recife. Uma espécie de *'bom vivant'* metido a conquistador que se vendeu muito bem para Giovanna, que iludidamente abriu as portas do coração mais uma vez.

– Sabrina. Até então, Giovanna tinha o dedo podre para escolher parceiros. Quantas vezes refleti sobre o fato de ela ter sido vendida pelo próprio pai, ou, o primeiro relacionamento ter sido extremamente abusivo e tóxico. Quantos desses ingredientes desumanos contribuíram para a construção desse desastroso emaranhado emocional que arruinou seu amor próprio e reduziu a sua autoestima a pó? Como se desvencilhar de tantos traumas se estes apenas se acumulavam?

Miguel Ferrante, apesar da baixa estatura, era um homem bem apessoado, sua musculatura robusta e seus traços étnicos valorizavam ainda mais a nobre cor de ébano que recobria sua pele que se destacava ainda mais com seu nevado sorriso brilhante. A cortesia, o riso descontraído, os olhos brilhantes e o espírito livre constituíram-se nas armadilhas que fizeram Gio ser fisgada tal qual uma presa, mais uma vez.

Na mesma semana que Giovanna aceitou o convite de Miguel para jantarem juntos no tradicional Restaurante Torre de Londres, a enfermeira amiga também precisou amparar o casal Nelson e Nazareth, visto que se encontravam desolados com a infeliz perda da única filha de um ano e cinco meses, uma precoce vítima de uma grave doença intestinal, os pais encontravam-se em profunda tristeza, Nazareth tentava reagir, Nelson buscava acolhê-la e Gio estava com eles.

Os encontros entre Giovanna e Miguel se tornaram cada vez mais frequentes, o *'bom vivant'* cortejava a enfermeira com frequência, encontrando tempo para adaptar seus encontros ao cotidiano da enfermeira, entre presentes, flores e cartas sentimentais, o marinheiro a cercava de amabilidades, além de passeios ao cinema e restaurantes. Ele a farejava, não tinha pressa e, isso agradava a enfermeira, ele sentia prazer em ser um conquistador e, ela emocionalmente precisava ser conquistada.

– Sabrina. Vi Gio algumas vezes suspirar lendo as cartas de Miguel, tal qual, também vi você com os bilhetes de seus namoradinhos.

Giovanna voltou a dormir durante as noites e, os muitos dos pesadelos que lhe roubavam a serenidade do sono foram se dissipando. Não foi somente Gio que acreditou em Miguel, eu também. Pensei que ele seria seu parceiro para uma vida e, que com ele, finalmente a nossa bela Gio acalmaria as águas intranquilas e tempestuosas de seu coração.

Nascido em Atalaia-AL, Miguel Ferrante, inicialmente chegou à capital Pernambucana em 1945, instalando-se no bairro da Várzea. Costumava andar de bonde até o centro da cidade, onde se concentravam as atividades comerciais e também de entretenimento, como bares e cinemas. Viajou para o Rio de Janeiro em 1947 onde permaneceu por três anos e retornou. Escolheu o Bairro do Recife, o nosso Recife Antigo, que na década de 1950, ainda trazia o cheiro de novo, principalmente, devido às construções feitas no período de 1920, tratava-se de um centro que vivia muitas transformações. Na primavera de 1951 Miguel caminhava pela cidade com Giovanna de mãos dadas, explicando-lhe que na década de 1940, a Avenida Guararapes havia sido aberta, mostrava-lhe os prédios modernos para aquela época e, que a Ponte Duarte Coelho ligava a Av. Conde da Boa Vista e que estava sendo ampliada em direção ao Derby – que, por sua vez, via o começo da construção da Avenida Agamenon Magalhães, que tinha previsão de ser finalizada até o fim da década de 1950. Esclarecia à Gio que voltar a capital pernambucana em plenas mudanças modernistas, muito lhe empolgava, a enfermeira ouvia aquelas observações com atenção e entusiasmo.

Miguel frequentemente a buscava em casa para fazerem seus passeios; sedutor, o marinheiro preparou meticulosamente a primeira noite de amor para os dois. Um jantar na residência do *bom vivant*, a vitrola, fez-se uma cúmplice fiel compartilhando as músicas de Ataulfo Alves, Dalva de Oliveira, Dóris Monteiro, Elizete Cardoso e Waldir Azevedo. A música os convidou para dançarem na intimidade domiciliar, passos sincronizados conduzidos pelos braços fortes de Miguel que envolvia a cintura de Giovanna, a proximidade dos corpos, a enfermeira enfrentava os traumas da experiência pregressa tentando permitir-se aos carinhos e carícias que delicadamente e lentamente se intensificaram, os beijos ardentes do marinheiro, em um frenesi hipnótico embalados por uma atração costurada aos poucos, Giovanna foi consentindo os toques mais ousados de Miguel. Não houveram violências, nem perversões, as surpresas foram os carinhos amáveis, delicados e uma sedução aparentemente despretensiosa. Botões abertos lentamente, descobria aos poucos a anatomia da enfermeira, a cada peça de roupa tirada, novos beijos, novos carinhos ritmados em movimentos conhecidos, o marinheiro a tocava suavemente, suas mãos deslizavam nas costas nuas e macias de Gio, a mão firme de Miguel no pescoço da bela Gio, a conduzia a beijos ardentes tão convidativos ao amor e o prazer quanto o próprio desejo de continuar a se permitir. Corpos se ligavam, braços se abraçavam e pernas se entrelaçavam, o contraste das peles não constituíram nenhuma fronteira para o erotismo, fosse nas intimidades do casal ou nos bailes e encontros sociais. As mesmas concepções em atitudes diferentes.

– Sabrina. A paixão não precisa ser violenta. Giovanna se rendeu à sedução delicada do marinheiro.

Envolvida em um romantismo ainda não vivido, Giovanna foi atraída pelo fio invisível da fantasia. Novos encontros. Novos carinhos. Entre afrodisíacas cavalgadas noturnas e diurnas, beijos ardentes, embalos ritmados pela paixão correspondida, a volúpia nada monótona não tinha hora marcada, se amaram intensamente a cada encontro a qualquer momento daqueles dias. Miguel tratava a bela Gio como sempre acreditei que ela merecia. Novos jantares, passeios, cinema, flores e bilhetes, Giovanna foi surpreendida com um pedido de casamento que de tanto ser maltratada e abandonada, nem mesmo ela esperava.

Nos acostumamos que ela me acordasse para notícias sofridas. Chegar em casa com uma alegria contagiante foi a novidade mais desejada por nós. Tanto orei ao Bom Deus pela felicidade de Gio. Minhas preces pareciam terem sido atendidas.

– Enfim, noivos!

17
UMA AVENTURA

"É que o amor é essencialmente perecível,
e na hora em que nasce começa a morrer.
Só os começos são bons. Há então um delírio,
um entusiasmo, um bocadinho do céu.
Mas depois! Seria pois necessário
estar sempre a começar,
para poder sempre sentir?

O Primo Basílio - Eça de Queiroz

Meses se passaram rapidamente enquanto o casal vivia intensamente um amor romântico costurado a um sincronismo erótico e caloroso.

O calor da volúpia cedeu espaço às chuvas torrenciais durante o verão de 1952. Naquele fevereiro, Giovanna se deu conta de estar grávida mais uma vez e, apesar das inúmeras promessas de amor eterno realizadas pelo noivo, a enfermeira não se sentia segura com a nova notícia.

Frequentemente almoçavam juntos e, na primeira quarta-feira de um fevereiro previsível, Gio decidiu dar conhecimento a Miguel sobre a maternidade.

– Gio, querida. Você parece tensa.

– Sim Miguel. Tenho uma notícia para dar-lhe.

– Notícia! – Recebeu a promoção que tanto almeja no hospital?

– Não. Acredito que a promoção há de esperar.

– E o que passa?

– Miguel. Estou grávida. Contou-lhe objetivamente.

– Grávida! Articulou surpreso.

– Sim.

– Bem, somos adultos. Sabíamos que isso poderia ocorrer. Não é mesmo?

– Sim. Sabíamos!

– Então, vamos nos preparar para a chegada dessa criança. Aconselhou friamente.

Nenhuma palavra a mais. Nem felicidade. Nem tristeza. Nada. Giovanna se sentiu desconfortável com tamanha frieza. Mas não seguiu em frente para tentar manter um diálogo sobre o assunto naquele momento. Intimamente, embora, inicialmente ela se recusasse a acreditar, sua intuição a advertia sobre o que aquele comportamento frio representava.

Durante duas semanas inteiras a enfermeira não teve notícias do marinheiro. Nada de cartas ou bilhetes, nem encontros e tão pouco os convites de costume. Em uma de suas visitas aos amigos Nelson e Nazareth, Giovanna mencionou o nome do amante.

– Como você está se sentindo, minha amiga? Perguntou Nazareth.

– Sobre o quê?

– A transferência de Miguel. Ele parte hoje à tarde para Salvador, na Bahia. Afirmou Nelson.

A enfermeira ficou pálida.

– Meu Deus, Giovanna. Você não sabia.

– Não. Falou tentando conter as lágrimas.

– É um duro golpe. Refletiu Nazareth.

– Duro demais. Preciso ir.

Se cumprimentaram. Nelson olhou para Giovanna compassivamente, pensou em falar algo, contudo, percebeu que qualquer coisa que falasse teria uma conotação de crueldade diante do óbvio, optou por calar-se.

– Penso, Sabrina, que uma parcela dos homens, sejam tal qual, Eça de Queirós costurou a personalidade do aventureiro e conquistador Basílio. Que se deleitam com essa paixão finita e efêmera, que queima rápido antes mesmo de começar, tão delirante quanto fugaz e, que não deve nunca ser confundida com amor. Amor é outra coisa. Giovanna confundiu. Quando li a obra do autor, logo relacionei o *'bom vivant'* aos amantes de Giovanna. Todos querendo desfrutar de aventuras, usufruir dos delírios afrodisíacos da paixão, nada disso representa o amor. O sentimento nobre é escolha, é cuidado, afeto e também comprometimento, em nada tem a ver com a chama momentânea.

— Vovó Nicinha. Não existiam métodos contraceptivos antes da pílula?

— Sim Sabrina, mas eram muito falhos. E, em geral, a obrigação de não engravidar sempre recai sobre a mulher. Se atualmente, os homens não querem ter esse trabalho, nem se preocupam com tal, vez que o corpo é da mulher, muito embora se comportem como proprietários, na década de 1950 era muito pior. Sopesando sobre o tema, o comportamento misógino que era ainda mais danoso, o abandono na gravidez era comum entre as moças, embora muito ocultos também.

Giovanna se viu abandonada mais uma vez. Naquela tarde, a noiva caminhou até o porto e, foi no cais onde avistou Miguel ao longe em diálogos com mais dois colegas marinheiros, aproximou-se sem ser notada, foi inevitável não se chocar com as poucas revelações que ouviu.

— E sua noiva? Quando o encontrará?

— Não meu caro. Não haverá encontro.

— Como não? Não estão noivos? Não eras tu o homem apaixonado que acompanhava rotineiramente a bela enfermeira?

— Ora, ora meu caro amigo. A paixão é fogo que decresce a partir do momento que começa, assim como começamos a morrer ainda no nascimento. Esse fogo apagou no mesmo momento que minha liberdade foi colocada em risco.

— Como ficará sua noiva? Ela sabe de sua partida?

— Ela ficará como já estava quando a conheci. Senhora de si mesma. Talvez não tão sozinha. Se não sabe, saberá!

— Uma moça tão trabalhadora. Dedicada. Independente.

— Sim. São muitos os atributos de Giovanna. Mas são essas mesmas qualidades que fazem qualquer homem partir. Afinal, qual a utilidade de um homem para uma mulher tão autônoma assim? Como manter a superioridade masculina se nos unirmos a mulheres tão independentes assim? O que um homem pode proporcionar a uma mulher dessas para manter viva a relação? O equilíbrio de uma união está na superioridade de um e a submissão do outro. E a submissão certamente foi feita para as mulheres. Elogiamos essas modernidades e as abandonamos pelos mesmos motivos.

— E o amor?

— Que amor Ernesto? Era somente uma aventura! E arrematou.

— Acabou! E vamos. É hora de partir!

Sem ser notada, Gio acompanhou todo o diálogo, assim como o ritual de partida dos marinheiros no porto. Talvez ela precisasse se decompor sozinha em água morna e salgada para lavar a alma, já que a vida lhe açoitava em violentas ondas traiçoeiras. Dias depois ela confirmou, que o marinheiro havia solicitado transferência para a capital baiana há aproximadamente duas semanas. Não foi preciso ser uma exímia matemática para calcular e compreender que o abandono foi premeditado, diante da notícia da paternidade. Associada a isso, a enfermeira se martirizava e não conseguia esquecer a frase: "Que amor Ernesto? Era somente uma aventura!" Somente com a total confirmação do abandono, Giovanna me contou tudo detalhadamente.

— A autoconfiança é uma premissa fundamental entre parceiros independentes. No entanto, na sociedade em que vivemos, o homem nunca precisou desenvolver tal atributo, colocando as mulheres sempre no jugo do machismo, protegidos por um sistema patriarcal injusto. Enquanto as mulheres tinham que desenvolver uma autoconfiança colossal para não sucumbir aos preconceitos e violências. — Não foi fácil amparar a bela Gio. Ela desmoronou de um modo que não pensei que seria capaz de reerguer-se. Caiu em mais uma tristeza profunda, escorregou no desencanto, sentindo-se tão usada quanto já foi comercializada um dia e tão abusada quanto estuprada. Não é possível mensurar o que foi mais violento. Todo enfrentamento emocional é duro demais!

Depois de mais duas semanas, saindo apenas para trabalhar, tendo pesadelos e dormindo pouco, chorando sozinha e tentando processar o sofrimento. Tentando entender qual era o seu problema afinal? Onde estava o erro de suas escolhas? O porquê de tanto drama em sua vida? Somente depois, finalmente, Gio me procurou, na tentativa de manter o mesmo processo de outrora. Tentar ocultar a gravidez de todas as formas. Evidentemente Nelson e Nazareth souberam da nova gestação, assim como os Baquit e os Dulce, e claro, Gianne.

Os irmãos de Giovanna a julgaram muito e até a condenaram, visto que sempre desaprovaram o relacionamento da enfermeira com o marinheiro. Tudo que Gio não precisava naquele momento era de condenação, afinal, a sua própria vida já era uma sentença.

Tudo de novo!

Mais uma vez, durante 7 meses, todos os dias a mesma rotina, enfaixar a barriga, conter os seios, usar roupas para camuflar mais uma vida sendo gerada. Os enjoos eram frequentes. Mas ela conseguiu disfarçar, seguir adiante e trabalhar, todos os dias, sem dar pistas para ninguém notar. O julgamento social é a própria escravidão. E por acaso, fugir dos padrões não é se auto sentenciar? Quais eram os crimes de Giovanna além de acreditar?

A pequena Sophia Porto Cavalcante nasceu em agosto, final do inverno de 1952. Cabelos levemente cacheados como o da mãe, olhos negros e brilantes como o do pai e, a nobre pele cor de ébano tal qual a minha e também do marinheiro. A pequena Sophia viveu o racismo antes mesmo de conhecê-lo.

— Tão bonitinha. Mas, é tão moreninha.

— Se fosse branquinha eu queria como filha.

— Posso até criar, desde que apareça uma família que queira adotá-la.

— Mas será que esses cabelos não vão ficar carabinas?

— Será que a pele dela clareia?

– Sabrina, os comentários eram tão bizarros quanto inúteis!

Foi em uma manhã de dezembro de 1952 que em mais uma das visitas de Nelson que a enfermeira implorou.

– Nelson. Tome minha filha como sua e de Nazareth? – Vocês querem muito uma família. O corpo de Nazareth não sustenta os filhos. Sophia precisa de uma família. Como será a vida da minha filha? Discriminada? Sem amor. Veja Saulo como sofre. Quem poderia prever. E Sophia? Como ficará?

– Preciso conversar com Nazareth. Não posso assumir um filho sem falar com ela.

– Fale. O não nós duas já temos!

Na tarde daquele mesmo dia, Nelson e Nazareth vieram buscar a pequena Sophia.

– Nós temos uma condição. Expôs Nelson.

– Qual?

– Ela nunca poderá saber que não é de nosso sangue. Ela será nossa filha legítima. Você poderá conhecê-la, mas será a tia Giovanna. Vamos cuidá-la e amá-la imensamente.

– Você aceita nossos termos? Indagou Nazareth.

– Sim. O mais importante é que minha filha será muito amada e crescerá em um lar de amor.

O primeiro natal de Sophia SantaElla Miranda foi iluminado com o amor fraternal, sem laços consanguíneos e plena no abraço do amor.

– Amor é escolha Sabrina. Nelson e Nazareth escolheram amar. Fizeram de Sophia, uma filha muito amada. Se aquela criança um dia podia ser a repetição da desventura, foi o mais belo amor que mudou tudo. Na educação, no carinho, no amparo, nos limites. E o que é a infância além do chão que pisamos a vida inteira?

18
COMEÇAR DE NOVO

"E recomeçar é doloroso.
Faz-se necessário investigar novas verdades,
adequar novos valores e conceitos.
Não cabe reconstruir duas vezes
a mesma vida numa só existência."
Fernando Pessoa

A música "Volta por cima" de Paulo Vanzolini ainda não havia sido composta, no entanto, o refrão lhe caia muito bem... "reconhece a queda e não desanima, levanta, sacode a poeira e dá a volta por cima" era seu mantra interior, tratava-se de um comportamento automático que Giovanna adotou para si, desde que fugiu da fazenda dos Benevides.

— Não olhar para trás, seguir em frente era o seu piloto automático.

Giovanna voltou-se para os estudos se qualificando ainda mais para o trabalho, extremamente disciplinada, dedicou seu tempo em progredir profissionalmente, tornou-se sua obsessão.

Embora se esquivasse, para Giovanna, o receio de sofrer não podia impedi-la de tentar novamente. Em seu entendimento, sempre haveriam outras pessoas, outras oportunidades, outros sorrisos, outros amores, outros sonhos, outros lugares, entendia que a vida era oportunidade única e não podia ser desperdiçada. O medo não a impediria de novos voos, o problema é que a adrenalina de seguir sempre em frente e querer sempre mais e mais é um vício. E como um vício, nada o satisfaz, uma armadilha preparada, mais cedo ou mais tarde a caça sempre cai.

– No ano de 1953 se deu a criação do Ministério da Saúde, regulamentado pelo Decreto n° 34.596, de 16 de novembro de 1953 (Lei n° 1.920, de 25/7/1953). Giovanna, bem como, todos os seus colegas de trabalho, eram entusiastas de novas correntes ao pensar a saúde, acreditavam na prevenção, não aceitando hospitais como possíveis morredouros ou espaços de confinamentos. Foi uma década de importantes mudanças na saúde nacional, em Pernambuco e, especialmente no Hospital Pedro II. Cada regulamentação, cada conquista, acompanhava pesquisas com Gianne e o Dr. Humberto, cada paciente recuperado era uma felicidade. Sua avó fez parte disso, Sabrina.

Giovanna esperançava uma vida melhor e não somente para ela, tinha alegria em ver as pessoas ao seu redor felizes. Em 1954 estabeleceu as normas gerais sobre a defesa e proteção da saúde. Art.1° É dever do Estado, bem como da família, defender e proteger a saúde do indivíduo (Lei n° 2.312, de 3/ 9/1954). A enfermeira comemorou junto aos seus os passos que a área da saúde apresentava.

No ano de 1956 foi criado o Departamento Nacional de Endemias Rurais (DENERu), que incorporou os programas existentes, sob a responsabilidade do Departamento Nacional de Saúde (febre amarela, malária e peste) e da Divisão de Organização Sanitária (bouba, esquistossomose e tracoma), órgãos do novo Ministério da Saúde (Lei nº 2.743, de 6/3/1956). Giovanna candidatou-se a todos os programas de treinamentos possíveis, não só queria se sentir qualificada, como apta a trabalhar nessas frentes. Em um janeiro iluminado pelo verão no ano de 1957, Giovanna foi promovida a enfermeira chefe do Hospital Pedro II, a dedicação, participação e relevância de seu trabalho eram inquestionáveis. Paralelo a isso, a enfermeira chefe foi incorporada à primeira equipe de trabalho no combate às endemias nas zonas rurais do Pernambuco, e logo nas primeiras reuniões Giovanna conheceu o renomado fazendeiro Pedro Viana de Gravatá. A enfermeira chefe estava tão esperançosa em suas atividades profissionais, tão útil que nem se deu conta do interesse do fazendeiro. O estancieiro por sua vez descobriu que Giovanna era viúva, sem filhos, que tinha na enfermagem uma vocação e o sustento digno, profissão que se dedicou após a morte do marido, seu sonho de vida.

– Sabrina, Giovanna inventou sua nova história ao entrar no Hospital Pedro II, temendo não ser respeitada e, especialmente, para evitar perguntas, manteve a mentira da viúva sem filhos, uma fantasia que ela mesma passou a acreditar, era seu modo de fugir da dor. O problema é que mentiras tem pernas curtas.

O fazendeiro passou a cercar Giovanna de todas as formas, contudo, dada as suas ocupações de enfermeira chefe, frequentemente Gio rejeitava os convites do fazendeiro, de modo a cumprir com as atividades assumidas. Quanto mais difícil ela se tornava, mais o estancieiro se sentia atraído, desejando-a. Por outro lado, a enfermeira chefe era bastante resistente em aceitar os convites do fazendeiro, ela bem aprendeu com suas inúmeras desilusões que a conquista masculina se caracterizava por um perecível charme sedutor e, principalmente, com um reduzido prazo de validade.

Giovanna resistia às inúmeras investidas do fazendeiro, que de tanto tentar, resolveu confrontar a enfermeira. Em uma das reuniões da equipe de trabalho no combate às endemias nas zonas rurais do Pernambuco, Pedro Viana também se encontrava entre as diversas personalidades ilustres que compunham aquela reunião, Gianne e Dr. Humberto conduziram aquela assembleia convidando Giovanna a fazer algumas ponderações, ao final, os que integravam o agrupamento foram se dispersando, restando apenas os entusiastas do projeto e interessados afins. Pedro se aproximou da enfermeira a deixando aparentemente encurralada.

— A senhora é uma mulher muito complexa e de difícil aproximação.

— Os homens são muito indecisos. Se nos comportamos com simpatia e gentileza, somos fáceis. Se tratamos com distanciamento e profissionalismo necessário, somos complicadas. Ao expormos nossas opiniões, somos exibicionistas. Ao nos calarmos, somos inibidas e até inseguras. As mesmas qualidades que vocês homens admiram uns aos outros se aplicados às mulheres, sofremos condenações. Nesse sentido, é melhor ser complexa e de difícil aproximação.

— A senhora também é bastante argumentativa.

— Em que posso lhe ser útil, Sr. Pedro?

— Eu não quero sua utilidade. Quero sua companhia.

— Minha companhia não é uma mercadoria. Não está à disposição.

— Não quero lhe causar nenhum embaraço, Sra. Porto. Apenas gostaria de lhe convidar para jantar.

Antes que Giovanna respondesse, Gianne e o Dr. Humberto se aproximaram, integrando o diálogo.

— Vejo que o amigo e entusiasta do nosso projeto Pedro Viana quer mais informações de como se dará a formação e treinamento de trabalho das equipes.

— Na realidade não. Não tenho dúvida do excelente trabalho que promoverão. Estou aqui para convidá-los para jantar. Não é sempre que estou na capital e, seria uma honra para mim a oportunidade de companhias tão ilustres. Evidentemente, o convite se estende a todos.

Gianne aceitou prontamente o convite do fazendeiro, entendendo que o mesmo se tratava de um influenciador entre os demais estancieiros e que uma aproximação traria bons frutos para o projeto. Pedro bem compreendia os interesses do médico e logo reforçou:

— O convite também é extensivo à Sra. Porto.

Giovanna, Gianne e Dr. Humberto se entreolharam.

— Às 20h no restaurante Torre de Londres, fica no Parque 13 de maio.

Giovanna tremeu. O restaurante acendia memórias dolorosas de suas desilusões pregressas.

— Eu lhe busco em sua casa, Sra. Porto. Convidou o Dr. Gianne Cavalcante, tentando romper as investidas do fazendeiro.

A enfermeira concordou.

— Posso levá-la até a sua casa, Sra. Porto?

— Não é necessário. A Sra. Porto é amiga da minha esposa e, ainda hoje temos um encontro entre amigos. Falou o Dr. Humberto.

— Obrigados a todos. Nos vemos às 20h. Falou Pedro, que acenou e saiu.

— Giovanna, você realmente urge proteção. Evidentemente sua beleza é perceptível, mas a atração que exerce entre os homens é inexplicável. Se não convivêssemos com você diríamos que você concede cabimentos. O que nunca ocorre, sua seriedade é irrefutável.

— Infelizmente não é uma atração positiva. Quando você descobrir Gianne. Me conta, por favor!

O jantar ocorreu descontraído e sem desgastes, contrariando as expectativas da equipe médica. No entanto, permitiu uma relativa aproximação, que era exatamente o que o fazendeiro Pedro Viana pretendia. No final, por mais que Gianne tenha levado Giovanna para casa, bem como advertindo-a de possíveis situações. O fazendeiro os seguiu, com objetivo de descobrir o endereço da enfermeira. Flores, bilhetes, convites, presentes. Nada novo. Novidade era Giovanna não os aceitar e, até se irritar com a insistência do cortejador. No entanto, o fazendeiro não parou. Aguardou novas reuniões da equipe de trabalho para novas investidas.

— Sabrina, Giovanna passou a se irritar cada vez mais com as investidas do fazendeiro, estranhamente, passou a evitar até as reuniões de um trabalho que tanto lutou para conquistar. O que passou a chamar minha atenção. É como se ela tivesse atraída, mas se negasse a aceitar. Não me contive e, embora sempre preservasse suas decisões e individualidades, vi a necessidade de dialogar com Gio.

Em uma das poucas manhãs de sábado que Giovanna permanecia em casa, esteve no jardim, colheu flores, coloriu e aromatizou a mesa para o café da manhã, brincou com Sara, ajudou a preparar o café., colocou a mesa e até trocou diálogos com duas das moças inquilinas das habitações. Não me contive.

— Em que você está querendo se enganar?

— Não entendi.

— Em que você está querendo se enganar? Repeti.

– Você está falando do fazendeiro convencido?

– Sim.

– Eu não estou querendo me enganar. Estou com medo de acertar. Nicinha, para Sócrates, amar e desejar. Amamos o que desejamos e desejamos o que não temos. Nessa equação desigual, o amor é sempre uma espécie de desencontro. Rufino me desejou, desejou tão loucamente que quase me matou, nesse amor estranho que ele nutriu nunca teve certeza se me tinha verdadeiramente, visto que não o escolhi. Os outros romances fui desejada, amada, enquanto não haviam certezas, me parece que há uma necessidade de dúvida, não sei se do homem ou do ser humano em geral. O Mota fez o que fez porque é um monstro, ele tinha todos os desejos e nenhuma posse. E o fazendeiro... o que faz dele diferente dos outros? Estou fazendo de tudo para nem tentar. Você sabe, quando eu ceder, ele não ficará. Sou eu que tenho que me proteger e manter distância, é o meu jeito de fazer isso. Expôs longamente Giovanna.

– Cuidado para não se magoar ainda mais. Falei e a abracei.

O fazendeiro não desistiu. Cercou Giovanna de todas as maneiras possíveis, no hospital, nas reuniões e, quando a enfermeira chefe pediu dispensa do projeto para dedicar-se somente no hospital, ele a procurou em nossa casa. Giovanna nem o convidou para a ante-sala, falou com o estancieiro do portão mesmo, nunca vi Gio tão indiferente.

– Sra. Porto, bem sei que estou sendo insistente e invasivo. Mas sua complexidade me enlouquece. A senhora não me expulsa, mas também não me aceita. Gostaria de um relacionamento sério com a senhora. Não é possível que tenha se fechado para a vida com a morte de seu marido. Não consigo perceber que a viuvez a tenha roubado a alegria de viver.

– Sr. Pedro, a viuvez não me roubou a alegria de viver. Nem tinha como. Mas, homens ousados que apenas pretendem se aproximar de uma mulher viúva, me promovem relativa desconfiança e, não consigo perceber nenhuma diferença no senhor. Veja seu atrevimento, na casa da minha irmã, forçando sua presença.

– Não quero forçar minha presença, nem ser mal educado. Quero demonstrar meu real interesse. Porque não me dá a oportunidade de demonstrar o meu interesse em um relacionamento sério com a senhora?

Giovanna não respondeu. Não teve resposta. Pedro percebeu. E num descuido roubou um beijo de Gio.

– Como se atreve! Esbravejou furiosa a enfermeira, estampando com a palma da mão a face do fazendeiro.

O estancieiro passou a mão no rosto e sorriu.

– Hoje foi a última vez que a importunei. Amanhã pela manhã estarei na estação de trem. E minha partida. A decisão é sua.

Acenei com o chapéu e saiu, deixando a Giovanna boquiaberta. E eu, somente observando pela janela. Não me surpreendi quando vi Gio se embelezar no domingo de manhã, muito cedo. Também não fiz perguntas. A mulher que durante anos em experiências amorosas extremamente tóxicas, mais uma vez decidiu tentar. Giovanna foi à estação e voltou para casa com Pedro, fui apresentada a ele como sua irmã e grande amiga. O fazendeiro permaneceu por mais uma semana na cidade e diariamente após o trabalho no hospital ele a encontrava em nossa casa, caminhavam de mãos dadas, dialogavam longamente no jardim, ele falava da fazenda, ela do hospital.

– Porque você quer tanto um relacionamento sério comigo?

– Você é independente. Não precisa de mim para o óbvio. Não somos mais tão jovens e com o tempo, uma companheira para estar ao nosso lado, só se fundamenta se for por livre escolha.

Foi um namoro intenso, meteórico. O fazendeiro passava semanas alternadas na cidade também cumprindo compromissos de trabalho e Giovanna quando podia também viajava com o estancieiro. Foram seis meses de namoro, noivaram na simplicidade da nossa casa e o casamento foi realizado em uma cerimônia discreta, para poucos convidados em Gravatá, na própria fazenda de Pedro.

Enfim, Giovanna estava vivendo o amor romântico que tanto nutriu e procurou. Nem mesmo ela acreditou que ainda era possível.

19
A CAIXA DE GIO

"O coração humano tem tesouros ocultos.
No segredo mantido, no silêncio selado…
Os pensamentos, as esperanças,
os sonhos, os prazeres…
cujo charme se romperia se revelado."
Charlotte Brontë

A amizade nutrida por Gio e eu, por vezes despertava relativa curiosidade a Pedro. Sempre nos tratamos como irmãs e isso despertava estranheza ao marido de Giovanna. Ele sabia que Gioconda era sua irmã consanguínea, no entanto, não entendia o distanciamento. Observava o desconforto da esposa na presença do cunhado e, observava com certa desconfiança o comportamento da esposa com os filhos de Gioconda, especialmente, o modo carinhoso que tratava o sobrinho caçula, sempre visto nas poucas vezes que estiveram no Ristorante Dulce. Giselle era a sobrinha mais velha, uma adolescente autoritária, com modos e gestualidade aristocrática, sempre muito observadora e temperamental, se irritava facilmente, muito semelhante fisicamente e comportamentalmente ao pai, Ludovico; Gilda, a filha do meio era muito contida, tímida, estudiosa e gentil, muito parecida com sua mãe; Saulo era o filho caçula, uma criança a parte, excluída de algum modo, não trazia nem os traços do pai é tão pouco da mãe, era muito agitado, serelepe, um verdadeiro arteiro, que inconscientemente fazia muitas travessuras tentando chamar atenção em busca de afeto. Pedro sentiu que Giovanna escondia algo, no entanto, não era seu foco central descobrir. A vida era boa, amava a esposa que se esmerava no trabalho e nos cuidados com o lar. E isso parecia bastar.

— Sabrina. Mentiras sempre são mentiras. Ficam guardadas em caixa sem nenhuma espécie de lacre, não há correntes, cadeados ou senhas. Quando a verdade quer vir à tona a mentira se descostura, como uma linha ruim que se desfaz na primeira lavagem da roupa, às vezes se abre apenas um forro, outras vezes se abre a roupa inteira expondo quem veste. A verdade é nua, não tem máscaras e nem roupas.

O marido de Giovanna resolvia seus negócios na capital, enquanto a enfermeira chefe trabalhava no Hospital. O fazendeiro resolveu almoçar no Ristorante Dulce e aproveitar para fazer uma visita a família da esposa, ao chegar, nem Ludovico nem Gioconda se encontravam, os colaboradores cuidavam do funcionamento de tudo, Saulo chorava ao longe, Gilda estudava e Giselle parecia completamente irritada. Ainda assim Pedro optou por almoçar naquele estabelecimento. Giselle o reconheceu e logo se aproximou tentando ser cortês. O marido de Gio enquanto almoçava acompanhado da adolescente, observou Saulo e inquieto com as diferenças estabeleceu um diálogo com a sobrinha da esposa.
— Seu irmão é tão diferente. Tem poucas semelhanças com vocês.
— Ele não é meu irmão. Ele e meu primo.
— Fomos apresentados como irmãos. Meus pais o criam, ele é meu primo. Um desagregado que vive aqui só para nos dar trabalho. Veja como ele se comporta.
— Que pena para a criança. O abandono é muito triste. É filho de quem?
— Você não sabe? É da Giovanna.
— O quê?

– Sim, da sua esposa Giovanna.
– Me conte mais. Me conte tudo!

– Sabrina. Giselle abriu a caixa de Pandora, ou melhor, abriu a caixa de Gio e, expôs sua avó com o pouco que sabia e com todos os julgamentos que escutava do próprio pai.

Giselle pôs-se a falar. Contou que a tia casou-se muito nova, um casamento arquitetado pelo seu avô, que Giovanna fugiu abandonando duas filhas pequenas junto com a mucama que cuidava dela e, que ficou escondida em outra cidade enquanto a fúria do marido se dissipava. Apenas quase um ano depois veio morar na capital, logo no começo ambas trabalhavam no restaurante, mas Giovanna queria ser enfermeira e a negrinha, por algum motivo não quis mais trabalhar lá. Era impossível, duas mulheres sozinhas se sustentarem. Falou que o pai sempre comentou que Giovanna se prostituia por dinheiro e que a mucama era sua cafetina arranjando homens para ela, inicialmente, o marido de Giovanna não associou mucama a mim. Contou-lhe que Sara era sua terceira filha, falou de Simone, de Saulo e da filha caçula, a pequena Sophia de aproximadamente quatro anos. Expôs que a enfermeira chefe nunca foi viúva, era uma mentira para ocultar a vergonha da fuga do matrimônio e da prostituição. Que só podia ser prostituição. Como uma negra ia ter uma casa? Alugar quarto para moças? Moças? Que moças? Como Giovanna se tornou enfermeira chefe?... que não fosse trocando favores com os médicos. E teceu uma série de julgamentos. Pedro logo lembrou de Gianne e do cuidado do médico com a enfermeira chefe, o ciúme logo fez associações. Giselle não contou que Gianne era seu tio, portanto, irmão de Giovanna. Uma flecha lançada, sem volta.

– Sabrina. Os segredos não são íntegros. Eles sempre trazem o julgamento de alguém, no caso de Giovanna, de uma legião inteira. A misoginia, o machismo e os julgamentos depreciativos. As inverdades mascarando as verdades. O amor de Pedro não foi suficiente para filtrar, ele nem tinha maturidade para tal. O que podia uma adolescente rebelde saber de verdades tão duras quanto cruéis?

Pedro, foi embora para Gravatá, deixando um bilhete comigo. Confesso, considerei seu comportamento estranho em relação a mim e a Sara. Tantos negócios, tantos compromissos, às vezes as coisas não ocorrem como gostaríamos. E naquela situação, realmente não aconteceu como ele imaginava.

Giovanna,

Não tenho condições de permanecer na capital. Estou retornando para Gravatá. Aguardo você em casa.

Pedro.

A esposa do fazendeiro achou estranho. Eu achei estranho. Até Sara, nossa filha adolescente achou estranho. O que nenhuma de nós imaginava, que o pior ainda estava por vir.

20
RAMERA!

> "Entre as que se vendem pela prostituição
> e as que se vendem pelo casamento
> a única diferença consiste no preço
> e na duração do contrato."
> *Simone de Beauvoir*

— Oi meu Amor. Tenho muitas novidades. Para começar trouxe a feliz notícia de me estabelecer definitivamente no Posto de saúde de Gravatá, assim não precisaremos viajar tanto à capital.

Giovanna foi surpreendida com um soco na face que a levou ao chão.

— Ramera! Você é uma ramera!
— O que é isso Pedro?
— Você não passa de uma ramera mentirosa. Mentiu para mim, para minha família. Para toda a sociedade!... sua sobrinha Giselle me contou. Saulo é seu filho. Sara é sua filha, Sophia filha de Nelson e Nazareth também é sua filha. E tem as filhas que você abandonou

quando fugiu da casa do seu marido. E a filha do Dr. Humberto. E Gianne é seu amante? Tanto cuidado com você. Você é a prostituta dele?

– Pedro, deixe-me explicar?

Não deu tempo. O fazendeiro estava possuído pela ira e, Giovanna não tinha força física para defender-se, nem habilidade para impedi-lo. A catarse de Pedro se deu em uma fúria violenta, desfigurou socos e pontapés constantes enquanto gritava com a esposa acerca da mentira contada e vivida por ela. Um juiz, tão criminoso quanto a mentira, aplicando a sentença da condenação. A violência parou somente quando o fazendeiro se deu conta que Giovanna não se movia.

– Pare de mentir. Pare de fingir.

Foi quando percebeu a roupa da esposa suja de sangue.

Giovanna, acorde!

A esposa não acordou. Foi somente quando verificou a atrocidade que cometeu, que o fazendeiro se deu conta que podia ter morto a esposa. Verificou seus batimentos e sentiu que a vida ainda permanecia naquele corpo. Pegou a mulher no colo e levou-a ao posto de saúde.

– Pelo amor de Deus, Sr. Pedro. O que aconteceu com sua esposa?

– Não sei o que aconteceu. Ao chegar em casa a encontrei nesse estado.

– As mentiras, Sabrina. Grandes mentiras, meias mentiras e pequenas mentiras. Quantas mentiras são contadas para ocultar nossas falhas?

– Sr. Pedro, sua esposa precisa de um hospital. Em seu lugar, utilizaria os recursos que dispõe e levaria a Sra. Giovanna para a capital o mais urgente possível.

A enfermeira acordou no posto médico, o marido sentado ao seu lado, aguardando que ela recobrasse os sentidos. Giovanna acordou com muitas dores, especialmente ao respirar, além de todas as dores no corpo, percebeu que sangrava.

– Aguente firme, o carro está chegando para levá-la ao hospital na capital. Vamos ao Pedro II.
– Eu não quero ir para o Pedro II. Não quero que ninguém me veja assim.
– Você não tem muita escolha. Não quer que seu amante a veja.
– Você realmente acredita que Gianne Porto Cavalcante é amante de Giovanna Porto Cavalcante? Gianne é meu irmão. Foi por causa de dívidas assumidas para a formação dele como médico, que meu pai me trocou pela quitação dessas mesmas dívidas, casando-me com o Coronel Rufino Benevides. Ele, assim como você, também quase me matou várias vezes. Fugi para não morrer. Deixar minhas filhas para trás não foi uma escolha minha. Se tornou, depois, a cada abandono, a cada violência, a cada traição, eu nunca soube o que fazer com filhos no desamparo social e emocional. Vocês homens se creem muito superiores, mas não passam de monstros, tão fracos quanto covardes.

Giovanna começou a tossir sentindo fortes dores para respirar. Mas, somente na manhã seguinte conseguiram partir para a capital. A enfermeira deu entrada no Hospital Pedro II com costelas fraturadas, inúmeros hematomas, necessitando de uma cirurgia em razão de uma hemorragia preocupante. Foi Gianne que observou que uma das costelas estava perfurando um dos pulmões da enfermeira. A necessidade de outra cirurgia surgiu. Naquele momento, Giovanna passou de enfermeira a paciente e, muito necessitada de cuidados.

— Giovanna. O que foi isso? O que aconteceu com você?
— Pergunte a Pedro.

Gianne suspeitou o que aconteceu.

— Ela caiu do cavalo.
— Mentira. Ele fez isso!
— Então. Além de agressor, o senhor também é assassino, pois seu filho não resistiu às violências sofridas.
— Eu seria pai?
— Falaste bem. Seria, não será mais.
Giovanna entrou em uma crise de choro, seguida de dores e falta de ar.
— Tire ele daqui! — Tire ele daqui!

No dia seguinte a enfermeira passou pela primeira cirurgia, uma das costelas fraturadas perfurou o pulmão esquerdo de Giovanna, a intervenção foi inevitável. Cotidianamente as enfermeiras amigas cuidavam de Giovanna para sua plena recuperação. A enfermeira acumulava lesões e hematomas por todo o corpo.

— Mas como mensurar as feridas da alma?

Pouco mais de quinze dias, Giovanna passou por outra cirurgia. E somente após mais duas semanas Gio recebeu alta. O próprio Gianne a levou para casa.

— Você precisa de cuidados. Precisa descansar. Deve tentar reagir para se recuperar. O que você quer fazer, Giovanna?

– Quero ficar com Nicinha e Sara. Por favor, desfaça meu pedido de dispensa do Hospital. Quando eu estiver recuperada, quero voltar a trabalhar.

– Vou tentar. Vamos priorizar a sua recuperação.

Giovanna saiu de nossa casa casada, como tanto sonhou. Retornou sem marido, com sonhos destruídos, nua, sem mentiras, sem máscaras. Completamente repleta de dores, do corpo e da alma.

21

O AMOR NÃO É ROMÂNTICO

"Uma vitória louca,
uma vitória doente.
Não era amor.
Aquilo era solidão e loucura,
podridão e morte.
Não era um caso de amor."
Caio Fernando de Abreu

– Sabe Sabrina, assim como a maioria das mulheres, Giovanna foi continuamente condicionada a acreditar que o amor romântico era a busca mais importante de sua vida. Acreditou que a felicidade dependia unicamente do encontro com esse amor. Um engano, alimentado principalmente pelos contos de fadas, uma propagação manipuladora de mulheres esperando ser resgatadas pelo gênero masculino. Giovanna não foi resgatada de suas dores, ao contrário, os maiores algozes de Gio foram os homens, injustamente, começando pelo próprio pai.

Somos enganadas desde a mais tenra idade, com histórias românticas que terminam com duas pessoas de sexo oposto em um falacioso "felizes para sempre." Vamos envelhecendo e os romances, revistas, músicas, séries, filmes, programas de televisão e até animações hollywoodianas, assim como novelas reforçam a ideia do amor romântico como a forma ideal de amar, sendo frequentemente levadas a acreditar que nossa felicidade depende unicamente desse amor romântico, reduzindo nosso valor pessoal ao quanto pudermos ser bons frente a esses relacionamentos e não a nós mesmas, nossos valores, características pessoais, sonhos e realizações.

– Não é surpreendentemente Sabrina, que a maioria das vezes que você, suas irmãs ou suas amigas quando estiveram solteiras ou não experimentando o amor como comumente é retratado, sempre se perguntaram o que havia de errado com vocês? Assim como acontece com a maioria das pessoas, com Giovanna não foi diferente e, ela se indagou inúmeras vezes.

Infelizmente, essa cultura do amor romantizado faz com que a maioria de nós pense que estamos perdendo o amor verdadeiro quando não estamos acompanhadas, desconsiderando a nós mesmas, como se fôssemos donzelas esperando ansiosamente para sermos salvas a qualquer momento de alguma situação terrível e, como se o príncipe encantado, que há de vir, fosse o salvador. Não somos educadas a estarmos com nós mesmas, não somos ensinadas a apreciar nossa própria companhia e pela falta de nós mesmas, nascem os vazios emocionais – um vazio da nossa psique, que precisa ser preenchido, porém somos condicionadas a acreditar não sermos capazes de fazer isso sozinhas, como se somente outra pessoa pudesse nos completar, como se não fôssemos inteiras –.

O mito de que não somos completos nos coloca na posição de só sermos inteiros após encontrar uma alma gêmea, a metade da laranja entre outros mitos amplamente difundidos, atribuindo a sorte para nos conectarmos a alguém é assim encontrarmos alegria e contentamento para viver. Um engano!

A crença de que não somos completas e que precisamos de alguém para suprir nossas carências e vazios existenciais não é algo novo. E por sinal, muito antiga.

A própria ideia de que viemos da costela de Adão nos coloca na posição de necessitarmos de uma completude vinda de outrem, negando nossa individualidade e impelindo a necessidade de alguém que nos complete. O dramaturgo cômico Aristophanes em seu texto filosófico Symposium, descreve as origens da humanidade, apontando a forma original dos homens com quatro pernas, quatro braços e dois sexos. Zeus os parte ao meio, temendo que os humanos pudessem roubar o poder dos deuses, desse modo, cada um, sentindo que sua forma natural foi cortada, precisariam de sua outra metade para se jogarem nos braços um do outro, se completarem e viverem juntos. O absurdo total idealizado por Aristophanes contextualiza metaforicamente o papel que o amor romântico exerce em nossas vidas. A necessidade de encontro com alguém especial. Um conjunto de mitos e crenças que nos impulsionam a nos perdermos para estarmos ao lado de outro alguém, nos fazendo abrir mão de nós mesmos para cumprir um desejo ilusional. Giovanna só queria encontrar sua metade para se sentir completa, entendendo que cada parceiro que lhe frustrou os sonhos, somente denunciava não ser a sua verdadeira cara metade.

— Por acaso Sabrina, o amor romântico não é um vício que transforma o mundo em um lugar ilusionalmente mágico?

Apaixonada, Giovanna esquecia de suas dores emocionais irreparáveis. Não aprendeu a conviver com seus monstros para seguir em frente, a paixão era seu antídoto diante das dores e frustrações. A paixão fazia a vida se tornar mais bonita para ela. Mais alegre, mais leve, mais aventureira, era somente com o frenesi do amor que Gio acreditava que a vida valia a pena ser vivida. Os altos níveis de paixão, sucessivos amores tão românticos quanto distópicos, para ela, a única forma de superar a dor era encontrar esse amor divinal. Um encontro que nunca aconteceu e uma sede que Giovanna nunca conseguiu saciar.

— O amor romântico é um vício Sabrina. Tão danoso quanto as drogas e o alcoolismo.

Quantos casais seguem hipnotizados tal qual zumbis, cegos, mergulhados em um amor romântico sem se dar conta do que é real? Sem respeito às individualidades e as diferenças. A importância da reciprocidade, do cuidado, parceria, cultura, sonhos, projetos. Tudo desconsiderados. Invariavelmente, quando os níveis da paixão caem, a cegueira diminui. Finalmente a vida se apresenta como realmente é, o amor acaba, quase sempre unilateralmente. O viciado em amor romântico logo se sentirá impelido a um novo amor, em busca de uma felicidade irreal com histórias que se repetem, nem sempre felizes. No caso de Giovanna, a abandonada sempre foi ela e as vezes que teve que partir, se deram pelo mesmo motivo.

Essa paixão temporária nem pode ser denominada amor, pois vem rápido e vai embora em uma velocidade semelhante, configurando-se em uma auto-desilusão perigosa. A luxúria, a paixão e o frenesi no relacionamento desaparecem no ar, como um passe de mágica. É somente quando esse romantismo amoroso enfraquece, que a lucidez surge nos possibilitando recobrar o equilíbrio emocional. Tantas vezes, Giovanna se permitiu ser possuída por um amor romântico avassalador que distorceu suas percepções, enganando-se com seus parceiros, tomando decisões que a fizeram se arrepender, lhe conduzindo a profundas tristezas.

Na pressa de encontrar "a sua cara metade" minha amiga Gio enxergava exageradamente os traços positivos dos seus amores e reduzia ou negava os negativos. Uma das características do inexistente amor perfeito, uma ilusão que a levava a acreditar que aquele em questão era sua única combinação, acreditando que o amor duraria para sempre, fazendo escolhas rápidas e imaturas, acreditando muitas vezes que encontraria o matrimônio para se fazer respeitada, visto que sentia-se fora de um padrão socialmente aceitável por ter fugido de um marido violento.

Giovanna se deu conta que o amor romântico não existia, passando a considerar como uma mera ilusão, uma perda de tempo, portanto, uma perda de vida, especialmente por ter perseguido incessantemente esse amor para ser aceita.

Enquanto permanecia enferma, sua cabeça trabalhava em profundas reflexões, a desilusão emocional contribuiu negativamente para sua recuperação, enquanto seu corpo sucumbia. Concluiu que tornou-se enfermeira chefe do hospital como tanto queria, casada com o respeitado fazendeiro Pedro Viana, finalmente se encontrava normalizada socialmente conforme os ditames de uma sociedade machista, porém, emocionalmente despedaçada.

A enfermeira nutriu a cega auto-ilusão que seu passado não viria à tona, que por ter sido tão vítima quanto culpada, a balança lhe protegeria e a vida não lhe condenaria, criou um mundo imaginário de felicidade roteirizado pela tradição romântica, jamais imaginou que cairia na armadilha do ressentimento e mexerico. Obcecada com um mundo de fantasia, não foi capaz de distinguir ilusões, paixões e realidades.

– Sabrina. Quando Giovanna se deu conta que seu vazio interior nada mais era do que a falta de amor próprio, sua avó mergulhou em uma tristeza sem volta. Eu fui testemunha de tudo isso.

Quanto amor lhe faltou!

22
MEMÓRIA É VIDA

"Em vez de tentar escapar
de certas lembranças,
o melhor é mergulhar nelas
e voltar à tona com menos desespero
e mais sabedoria."
Martha Medeiros

– Sabrina, a afirmação Beauvoiriana que diz "Não se nasce mulher, torna-se mulher" contextualiza uma posição evidente, a biologia feminina não é óbvia, deveria ser, mas não é, trata-se de um fragmento que compõe um elaborado molde para costurar a sofisticada roupa da composição cultural de uma identidade feminina. Esse tema é tão torturante quanto uma roupa que fratura costelas e perfura pulmões tal qual os antigos espartilhos.

No quarto que foi dela durante tantos anos em minha casa, Giovanna repousava o corpo mais uma vez. Recebia as visitas habituais. E por vezes, Pedro Viana vinha visitá-la, pedia perdão, fazia promessas de amor e reparação. Implorava que ela lutasse pela vida, que aquele amor não era perfeito, mas se ela o perdoasse, poderiam viver momentos bonitos juntos. Implorava de joelhos por perdão, Gio permanecia em total silêncio, não trocava uma palavra sequer com ele. Ela não o queria lá, mas ele teimava em visitá-la justificando ser seu marido e ter direito em vê-la.

Em uma dessas visitas indesejadas, Nelson e Nazareth também chegaram para visitá-la, trazendo com eles a pequena Sophia. Inconveniente, Pedro não saia do lado de Giovanna, causando relativo constrangimento ao casal que desejava conversar com a enferma.

— Cadê a benção de seu tio? Solicitou Pedro Viana, em direção a Sophia.

— Não lhe dê a benção. Ele não é nada seu! Afirmou Giovanna rispidamente e continuou.

— Nelson, por favor, acompanhe o senhor Pedro até a porta. A visita dele acabou.

Nelson confirmou com um aceno, convidando o fazendeiro a retirar-se indicando a saída do quarto com a mão. Pedro olhou para Giovanna com ar de reprovação, olhou para Nelson e saiu. Nelson o acompanhou até vê-lo sair do nosso humilde lar.

— Nazareth, querida, por favor, peça a Nicinha que faça um chá para nós. A visita de vocês me alegra muito.

— Agora mesmo. — Sophia, fique com sua tia. Já volto. Falou com uma piscadela para a pequena.

Quando Nazareth saiu, Giovanna chamou a pequena Sophia.

— Sophia, venha para perto da sua tia. Quantos anos você tem?

— Quatro anos.

— Eu sei sua idade. Só queria ouvir sua voz. Você é linda Sophia, sabia?

— Não.

— Você é linda! Sophia, escute, eu não sou sua tia. Sou sua mãe. Não acredite em tudo que as pessoas lhe contarem. Nas histórias mal contadas existem muitas inverdades.

— O nome da minha mãe é Nazareth.

— Sim. Você está certa! Mas, eu também sou sua mãe. Não se esqueça disso!

Giovanna ficou ofegante e a pequena Sophia logo acarinhou os cabelos daquela que ela conhecia como tia. O chá chegou, o casal retornou, de alguma forma, eu também participava de tudo. Foi uma tarde de encontro.

Os Baquit também visitaram a enfermeira, especialmente, o Dr. Humberto que lhe solicitava relativa reação diante da tristeza, afirmava que não se entregasse aquele sentimento, que para ela, que já estava doente dos pulmões, a tristeza não contribuía em nada para a recuperação.

— Confesso Dr. Humberto que a vida perdeu o sentido para mim. Estou cansada e nem sei como reagir. Já utilizei demais minhas forças reagindo ao longo da vida até aqui, de nada valeu. Tudo é mera ilusão.

— Não diga isso Giovanna. Solicitou Monaliza.

— Me perdoem. É como sinto!

— Repouse. Descanse e tente se poupar de pensamentos tão negativos para poder se recuperar.

Aos poucos Giovanna abandonava o corpo, sucumbindo a enfermidade e as tristezas da alma. Não foram somente os casais Nelson e Nazareth, os Baquit ou os Dulce, eu também implorei que Giovanna lutasse pela vida, embora, eu não quisesse acreditar, Giovanna desistiu.

Foi se tornando cada vez mais pesado cuidar de Sara, da casa, das obrigações do lar e de Giovanna. Que aos poucos foi ficando cada vez mais frágil, como se abandonasse o corpo lentamente em um destino selado há muito tempo atrás.

Durante três meses Giovanna ficou comigo novamente, entre cuidados, diálogos, remédios, idas e vindas aos médicos, minha irmã e grande amiga Gio parecia tão cansada quanto debilitada. O olhar alegre e esperançoso, cedeu o brilho a um olhar perdido. Toda sua alegria de viver e generosidade para com os outros se foram. Não restava nada para consigo mesma, nem mesmo vontade de viver.

Numa manhã de primavera atípica, Giovanna acordou como se não estivesse doente. Disposta, tomou banho, vestiu sua camisola mais bonita na cor lilás compondo com um penhoar na mesma cor, arrumou os cabelos, passou perfume, tomamos café juntas, ela brincou com Sara. Foi até o jardim, cheirou suas flores preferidas e sentou em nossa antessala, observava o jardim enquanto Sara brincava nele como se quisesse guardar a pintura de uma paisagem divina. Me pediu um chá e quando voltei Gio tinha partido. Foi embora, deixando aberta a caixa das suas ações, diferente de Pandora, Giovanna previa minimamente as consequências de seus atos, só não tinha noção da extensão das ações dos outros sobre si e, sobre todos nós. Uma vida curta, intensa, repleta julgamentos e condenações, de dores, superações, amores e segredos, tudo exposto para quem quisesse compreendê-la e decifrá-la.

– Sabrina, sua avó se foi da vida física aos trinta e três anos de idade, cansada de ser torturada e, de torturar-se, fechou os olhos deixando-nos um legado de histórias, memórias, filhos, traumas e lições para nos fazer refletir e, quem sabe nos melhorarmos. E por acaso, traumas além de memórias, não são histórias que se repetem?

23
CICLOS VICIOSOS-VITTUOSOS

"Ao reencontrar os amigos,
todos nós já provamos
o encanto das más lembranças."
Antoine de Saint-Exupéry

Mentiras muitas vezes repetidas podem se tornar verdades. Falsas verdades, que tanto ferem, quanto matam a alma humana.

— Vovó Nicinha. Minha mãe e meus tios? E aquele que se diz meu pai nessa história?

— Sabrina, sua mãe sempre me viu como mãe e eu sempre a vi como filha. A partida de Gio foi muito dolorosa para nós duas e, se for para falar em saudade, só posso falar por nós duas. Sentimos muita saudade, sentimos muito sua falta e com o tempo, sua ausência foi sendo aplacada pela rotina. E muito embora sua avó fosse muito querida, ela se manteve viva na vida daqueles que ela mais tocou. Sua mãe se inspirou em Giovanna, buscou a área da saúde, ainda muito criança falava em ser médica dada a convivência com Gio, eu fiz de tudo para garantir sua formação como médica, entre quartos alugados, faxinas, limpezas e lavagens de roupas, Sara conviveu com os preconceitos de uma mãe adotiva e negra, uma mulher de trabalhos subvalorizados e, com a fama de cafetina, assim como a mãe biológica foi denominada uma prostituta que não nutria amor pelos filhos, partindo e deixando-os à própria sorte, feito gatos de rua.

Não foi fácil para Sara conviver com as difamações em meu entorno e de Giovanna. Mas sua mãe trouxe a determinação de Giovanna em seu DNA, formou-se médica, se especializou em pediatria e depois em cirurgia. Casou-se com um colega de faculdade, ambos traziam tristezas e traumas, decidiram mudar para outra região do país, no limite de um estado distante, queriam se distanciar de suas histórias, criando distâncias territoriais, como se as lembranças não os acompanhassem, como se memória não fosse viva.

A história de seus pais adotivos você já sabe! Sua mãe quebrou muitos ciclos, mas não se livrou da síndrome da esposa perfeita, nem posso dizer que foi um amor romântico, mas foi romantizado pela necessidade da satisfação social, mantendo-se em um casamento infeliz. Ela jamais aceitaria uma separação. Casar-se teria que ser para toda uma vida, assim como é para ela até hoje. Sara, fez-se uma mãe dedicada e afetuosa, duas filhas biológicas e mais quatro filhas adotivas. Você sabe! O maior desejo de sua mãe era amparar todas as crianças do mundo. E amparou muitas, direta e indiretamente.

— E Saulo? Como eu vim parar aqui, nessa história?

— Sara foi a única filha biológica que Giovanna teve alguma espécie de convivência estreita. Saulo, diferente de sua mãe, conviveu com as calúnias e difamações em torno da sua imagem de mulher. Durante toda infância e adolescência ouviu as piores atrocidades, sua memória em relação a Gio limitava-se vagamente a algumas visitas no leito de morte. Saulo era uma criança travessa e carente, sofria a ausência de amor e carinho, para ele, tudo era sobra, comia o que sobrava da mesa dos clientes do Ristorante Dulce, vestia farrapos de Ludovico, era extremamente mal tratado, sofria os maiores espancamentos que um ser humano poderia viver, até Nazareth que era uma mulher austera, muitas vezes deu banho de sal na tentativa de desinflamar as feridas que as pauladas, chicotadas de cinto ou corda e o que tivesse pela frente eram desferidas contra Saulo, a mãe de Sophia chorou algumas vezes cuidando das lesões e vendo os maus tratos sofridos por Saulo, que algumas vezes apanhava amarrado por tentar fugir das violências vividas. Aos 15 anos, seu pai biológico fez amizade com um tabelião que o ajudou a mudar de nome e idade, o novo documento com o nome da mãe e de um pai inventado que ele nunca conheceu não lhe salvou dos traumas, nem o fez menos filho da puta, mas o possibilitou servir o exército para ir embora da casa dos Dulce.

Saulo também encontrou seu jeito de fugir. Depois que foi liberado do exército, trabalhou em diversas atividades, foi lutador de telequete, um comunicador nato com uma voz forte e agradável que o fez radialista, no entanto, a ausência de estabilidade emocional, especialmente, a base familiar que lhe faltou na infância, não lhe concedia estabilidade profissional, ele sempre estava mudando de trabalho. Necessitava do movimento, a estabilidade e a rotina perturbavam Saulo. Foi um homem de muitas mulheres, e muitas vezes repetiu a frase: – Eu só faço o que fizeram com minha mãe. Lorenna, foi a única mulher que trouxe calmaria para o coração intranquilo de Saulo, ela o compreendia, foi sua primeira esposa e grande amor, o que ninguém sabia é que a depressão era o grande mal da esposa de Saulo, que sempre conviveu com os boatos de um marido mulherengo, mas quando você nasceu, o pós-parto foi demais para Lorenna. Uma das amantes de Saulo enviou-lhe uma carta ainda no resguardo, contando detalhes de seu caso de paixão com o mulherengo, ela não suportou, em uma noite chuvosa e fria, ela preparou o melhor dos jantares para Saulo, tiveram uma tórrida noite de amor e, quando Saulo sentiu sua falta na cama durante a madrugada, a procurou pela casa, esbarrando em seu corpo pendurado no meio da sala, a cadeira caída e você dormindo tranquilamente, muito bem acomodada pela mãe que não suportando as dores da alma, fugiu de tudo, inclusive de si mesma, a chuva forte, os trovões e relâmpagos faziam daquela noite um verdadeiro filme de terror. Saulo entrou em choque. Sara que ainda não tinha ido embora da cidade, foi quem amparou o irmão, eles sempre souberam que eram irmãos de sangue, infelizmente, ele precisou ser internado em uma clínica psiquiátrica. Você, querida Sabrina, se tornou a primeira filha de Sara, sem ter estrutura emocional para cuidar de uma filha, os irmãos Porto Cavalcante entraram em um acordo que ela seria sua mãe, e eu, cuidei de você desde o início, e quando sua mãe foi embora da capital pernambucana, assim que se estabilizou financeiramente e estruturou um lar, veio nos buscar.

A internação foi um mal necessário para Saulo, que quando saiu da clínica psiquiátrica, foi estigmatizado como louco pela família Dulce e, por várias outras pessoas, dada a necessidade que os Dulce tinham de diminuí-lo social e moralmente. Muito trabalhador, uma característica dos filhos biológicos de Gio, Saulo resolveu empreender e gostou da montanha russa sócio-económico-social de ser um empreendedor brasileiro, sua mãe fez vários aportes financeiros para o irmão, até cansar. Sara, sentiu-se violentada patrimonialmente. E muito embora, você Sabrina, não saísse da boca de seu pai, ele não conseguia estabelecer nenhuma espécie de comunicação, eram muitos traumas. A falta de contato com seu pai biológico e as comunicações somente relacionadas a dinheiro, trouxeram para você e para sua mãe, um rancor e uma dor irreparável.

Saulo, foi verdadeiramente o viúvo que Giovanna não foi, teve inúmeras mulheres, casou-se mais duas vezes, mas, teve tantas mulheres e filhos, que da última vez que Simone, Sophia e Nazareth se encontraram para tentar reunir os sobrinhos e, não conseguiram reunir todos, ainda assim, contaram vinte e dois filhos de Saulo, a maioria com as marcas do abandono paterno e, apesar da deserção, conheceu e reconheceu todos os filhos, Saulo foi um homem generoso, trabalhador, de um bom humor que o fazia repleto de amigos, foi um tio muito amado e um pai contraditório, apesar de tudo, todos o queriam muito bem e quando ele chegava com suas gargalhadas e piadas, com voz de locutor, colocando apelidos engraçados em todos, tudo virava uma festa particular. Outra coisa que seu pai biológico sempre falava: – "As mulheres que tive, não podem dizer que as enganei, sempre me assumi um mulherengo, sempre assumi ser casado. E sempre avisei que não ia me separar por causa das amantes. Mas elas tinham a triste ilusão de me consertar. E isso, era impossível. Minha mãe foi muito enganada, eu não enganei ninguém, quem me teve, me teve porque quis. Eu é que nunca tive ninguém!"

Seu pai biológico morreu aos quarenta e nove anos, na verdade, quarenta e sete, vítima de um AVC; a dor por descobrir de forma leviana, através do veneno torpe de Giselle, que você entrou com uma ação para tirar o nome dele e de Lorenna da certidão de nascimento, assim como, legalizar a sua adoção por parte de Sara e Lucas, foi a gota d'água para quem viveu uma vida deserdada do corpo e da alma e, ainda repleta de desregramentos. O sexo sempre foi o vício dele, mas não era um problema para sua saúde, aos quarenta anos, Saulo passou a sofrer com pressão alta e diabetes, com os remédios veio a impotência sexual e, ele voltou-se para o álcool, o que não fazia parte de seus hábitos e, que causou muito estranhamento por parte dos mais íntimos, descobrir sua rejeição foi apenas a gota d'água. O corpo e a emoção de Saulo, assim como Giovanna, não suportou mais viver, chegando ao esgotamento!

– Meu Deus!

– Percebe, Sabrina, as diversas formas do suicídio? Entende que a dor se torna insuportável para continuar a viver? E como já falei. O que é a infância, se não, o chão que pisamos uma vida inteira? E não estou lhe contando essa história para que tenha pena de Saulo, não é sobre isso, é sobre perdoar para quebrar esse ciclo vicioso de dor e sofrimento que se repete. Perdoá-lo dará mais liberdade a você que a ele. Ele morreu sem seu amor e sem seu perdão. Ironicamente, Saulo foi o único filho de Giovanna criado pela família biológica e, foi justamente ou injustamente, o mais mal tratado.

– E Simone?

– Simone foi muito bem criada, mas descobriu ainda na adolescência que era filha adotiva dos Baquit. Ela investigou e descobriu toda a história de Giovanna, todos os irmãos e tentou encontrá-los. As irmãs Suzana e Stela Benevides sempre se recusaram a qualquer tipo de aproximação, somente Sara conseguiu isso e com muito distanciamento, dada a posição social que alcançou como médica, a soberba delas não era diferente do Coronel. Simone, Saulo e Sophia sempre se encontraram, desenvolveram uma união e uma amizade fraternal que a falta de convivência na infância não foi capaz de impedir, nutriram amor e respeito uns pelos outros.

Um dos sonhos de Simone era juntar todos os irmãos, sua tia se formou em técnica de enfermagem, embora inicialmente, tenha se rebelado com os pais adotivos por ocultarem a verdade, fugiu de casa para casar-se com um rapaz que a família Baquit não considerava a altura de Simone. Casada com o rapaz, teve dois filhos, mas, se divorciou quando soube das traições do esposo. Anos depois, casou-se novamente, teve mais dois filhos, poucos anos depois também se divorciou, sofreu muitos preconceitos por ter casado duas vezes, por ser divorciada, por decidir viver sozinha. Simone viveu na tentativa de ser feliz e, sua felicidade estava na maternidade e em servir aos outros, cuidou e zelou dos filhos, entendendo que se tratavam de seu maior legado; herdou de Gio a dedicação ao trabalho, a generosidade e gentileza.

Simone, assim como Saulo era dona de um humor inteligente e irônico, trazia uma alegria contagiante levando felicidade por onde passava. Partiu jovem, aos cinquenta e dois anos, vítima de um infarto, estava com o neto de seis anos, ela o orientou a pedir socorro, infelizmente, o atendimento não chegou rápido o suficiente. Foi embora deixando saudades e um exemplo incrível de mãe amorosa e dedicada na educação dos filhos.

– E Sophia?

– Sophia foi uma filha muito amada, porém, os primeiros anos não foram fáceis. Depois que Sophia veio para companhia dos Miranda, Nazareth que não conseguia sustentar as gestações engravidou duas vezes, dando à luz primeiro a uma menina e posteriormente a um menino; Nelson e Nazareth adotaram mais uma menina, um lar que se tornou uma casa repleta de sobrinhos, que sempre foram acolhidos pelo casal.

Sophia conviveu durante anos com a lembrança da querida tia Giovanna lhe dizendo: – Sou sua mãe. Foi uma criança e uma adolescente muito vigiada e, quando começou a namorar prestes a fazer quinze anos, levou uma surra dos pais que não aceitavam seu namorado radialista, entendendo que artistas não eram confiáveis, no mais, a sombra dos amores frustrados de Giovanna e o medo de uma vida de liberdades faziam de Nelson e Nazareth pais muito conservadores e austeros na educação de Sophia. Foi na sua festa de quinze anos que Simone revelou para Sophia que Giovanna não era a tia amável e prestativa e sim sua mãe biológica, contou também que ela e Saulo não eram primos, que na verdade eram irmãos e, ainda tinham mais três irmãs. Durante a festa de quinze anos da filha caçula de Gio, o namorado indesejado apareceu no evento provocando uma imensa confusão, Sophia foi expulsa de casa e se abrigou na casa de Gioconda.

Durante seis meses, a filha caçula de Giovanna viu tanto a tia biológica, quanto o esposo insinuarem que ela era uma negra bonita e de corpo desejado, que podia muito bem conseguir um bom partido, entre muitas indiretas, até chegaram a sugerir a prostituição para Sophia. A filha mais velha dos Miranda queria voltar para seu verdadeiro lar, mas o orgulho a impedia. Nelson e Nazareth sofriam muito com sua ausência, especialmente Nelson, que além de um pai extremamente atencioso, sentia falta da amizade e cumplicidade que construiu com a filha. O casal foi buscá-la e ela voltou definitivamente.

Na década de 1960, Nelson conseguiu participar de um projeto de reabilitação e ganhou uma perna mecânica no Hospital Sara Kubitschek, Gianne e o Dr. Humberto o orientou e ajudaram no que puderam, Nelson se manteve sempre ativo e partiu em um 7 de setembro de 1972, deixando uma viúva, três filhos e vários sobrinhos; Sophia aos vinte anos, perdeu o pai e grande amigo, assumiu a responsabilidade do lar junto a Nazareth, que passaram a partir da ausência e saudade de Nelson a construir uma relação de amor, amizade e cumplicidade, um laço que durou até o último suspiro de Nazareth, trinta anos depois de seu amado marido partir.

Sua tia caçula casou-se no ano de 1975 com um homem simples, honesto e muito trabalhador, Sophia fez sua escolha conforme as orientações de seu pai. Muito dedicada ao trabalho, de personalidade forte, muito alegre e vaidosa, preza por uma vida simples ao lado do esposo e de três filhos. Logo após o falecimento de Nelson, Simone conheceu o pai biológico de Sophia, que lhe estimulou a conhecê-lo, a filha de Nelson se negou, afirmou que seu único e verdadeiro pai lhe presenteou com as melhores memórias de amor e fraternidade, de honra e de como ser um ser humano generoso e como o senso de coletivo deve ser, que o ser humano que abandonou Giovanna grávida jamais poderia ser seu pai.

De todos os filhos de Giovanna, Sophia foi a que melhor compreendeu a história de sua mãe biológica e a única que, aparentemente, quebrou o vicioso ciclo deixado pelas consequências da vida e morte de Gio, fazendo de sua vida um ciclo virtuoso.

– Porque a senhora acredita nesses ciclos viciosos?

– Tudo que nós vivemos até aqui é um eco da história de Giovanna.

24
SOMOS TODOS UM ECO

> "Mais penosas são as consequências
> da ira do que as suas causas."
> *Marco Aurélio*

— Eu nunca entendi, vovó Nicinha, o porquê da senhora não ter aceitado o pedido de casamento de Timóteo naquela noite.

— Querida, Sabrina. Somos todos um eco de nossas escolhas e daqueles que estiveram verdadeiramente entre nós. Aquele foi o único momento de dúvida que tive em toda minha vida. Mas, se eu aceitasse o pedido de casamento de Timóteo e ele viesse conosco, mais cedo ou mais tarde, eu teria que estar com ele e para ele. Certamente, em algum momento, sua avó ficaria em segundo plano e, consequentemente, estaria sozinha e mais desprotegida do que já estava. E eu, não poderia viver em paz com tamanha decisão. Entre o amor romântico e o amor fraternal, eu escolhi o amor fraternal. A sua avó. Minha grande amiga, minha irmã de alma. E com ela, também pude constituir a minha família. Veja sua mãe, você e suas irmãs. São muito mais do que imaginei e são tudo para mim. Uma verdadeira família. Família não está necessariamente nos laços consanguíneos e, sim no amor que nutrimos.

— E o que aconteceu na fazenda dos Benevides?

— Naquela época, ao acordar, quando se deu conta que foi ludibriado pela esposa, também logo percebeu que foi traído. Evidentemente descartou a deslealdade de Leopoldo, Eleonora e Joaquina. Chamou Leopoldo que reuniu todos os empregados da fazenda. Os mais distantes sem nenhum contato com a casa foram logo descartados da insídia. Porém, os que tinham contatos foram intensamente surrados, para que contassem qualquer coisa que soubessem, o que não ocorreu. No entanto, Eleonora lembrou que caminhava à noite nos arredores da fazenda quando Teófilo a viu e a conduziu até sua casa. Logo, as suspeitas recaíram sobre o marido de Elenice. Que foi amplamente surrado para contar tudo que sabia. Como aconteceu tal fuga e, principalmente, para onde tínhamos fugido. Contudo, Teófilo nada contou da verdade. Contou pequenas verdades, dizendo apenas que entregou cartas endereçadas a mim e, como não sabia de restrições em relação a meu nome, acreditou não ter problemas e, que as entregava sempre no jardim. O Coronel logo lembrou do episódio em que me encontrou colhendo flores e ligou as histórias. Teófilo bem sabia que tanto fazia mentir, falar meia-verdade ou verdade completa, estaria morto de qualquer maneira. Assim, como apareceram mortos, o peão que colheu flores para Giovanna e o filho da costureira, que somente observou sua beleza. Em um ato de heroísmo tentou preservar as nossas vidas e nada falou de concreto. Teófilo foi encontrado pela polícia já em decomposição no meio de um matagal nas cercanias de Serra Talhada, espancado até a morte, segundo o perito. O Coronelismo não manda lembranças, é facão ingrato, tanto fere, quanto mata. Elenice só não morreu porque estava sempre na companhia de Joaquina durante as noites, caso contrário, o filho estaria órfão de pai e mãe. Porém foi expulsa da fazenda, viúva e com filho de colo sem pai para cuidar e amar. Ainda assim, Elenice conseguiu enterrar o marido, rezava e visitava seu túmulo mensalmente e, criou bem o filho, contando-lhe diariamente que o pai era um herói. O menino cresceu estudioso, se formou em direito à custa de muita faxina e uma benfeitora, que vez por outra levava dinheiro para ajudar na educação da criança, dizem que passou em um concurso e se transformou em um juiz correto, justo e bom.

— E Eleonora? Porque bisbilhotava?

— Bem. Para começar. Leopoldo ficou desconfiado da tal saída noturna da mulher e passou a observar que sempre dormia profundamente durante as noites. Passou a derramar os sucos e bebidas que a mulher lhe trazia, evitando bebê-los, fingia dormir. Assim, descobriu que Eleonora e o sr. Benevides eram amantes, na ausência de Giovanna, era a mulher de Leopoldo que atendia os caprichos do Coronel. Eleonora, realmente incendiou inúmeras vezes a ira do sr. Benevides, não porque ele quisesse saber, mas, por pura inveja de Giovanna, de sua beleza e, principalmente, porque Eleonora era apaixonada por ele e, o Coronel nutria um sentimento doentio por Giovanna, nesse sentido, a Governanta tratava-se apenas de mais uma opção para o Coronel. Era ela que espionava Giovanna e Rufino em sua luxúria. E era ela também, que entrava para o quarto da falecida mãe de Rufino através de uma porta secreta, espécie de armário falso na cozinha, durante os resguardos de Gio. Assim satisfazia a paixão que nutria por Rufino e ele, era atendido em sua devassidão, já que era um viciado em sexo. Leopoldo também espionou os infiéis, inúmeras vezes, desiludido com a lealdade que nutriu pelo Coronel a vida inteira sem reciprocidade e, principalmente, a infidelidade da mulher, enlouquecido de ciúmes, matou-a e depois também se matou. E claro, tanto Leopoldo, quanto Eleonora foram rapidamente substituídos pelo Coronel.

— Meu Deus. Que horror! — E como ficaram minhas tias Suzana e Stela?

— Joaquina já era idosa, mas além da cozinha, cuidou das meninas até morrer. O Coronel, não sabia nutrir o afeto de pai. É impossível doar aquilo que não se tem, e com amor não é diferente. Quando Joaquina faleceu, ele mandou as meninas para um colégio de Freiras, espécie de internato no Rio de Janeiro. Depois as enviou para fazer faculdade no exterior. Ambas souberam fazer boas relações com as amizades do sr. Rufino Benevides, Suzana foi para a França, lá graduou-se, especializou-se e casou-se com um diplomata, que logo tornou-se embaixador. Stela foi para Londres, também graduou-se, especializou-se, fez mestrado e doutorado, por lá também se casou, um diplomata brasileiro, igual a ela, este se enveredou mais à fundo na política.

— E o Coronel? — Que fim deu meu avô?

— Seu avô era um homem atormentado pelos próprios atos, viveu muitos anos, no entanto, desenvolveu essas doenças da velhice, ficou completamente demente. As filhas, em uma das raras vezes que vieram à fazenda, o fizeram apenas para interditá-lo, colocando-o em um asilo. Morreu sozinho, mal cuidado e na sujeira. Elas venderam todo o patrimônio do Coronel e dividiram entre si, sem brigas, apenas formalidades. Foram cuidar das vidas que construíram e escolheram ter individualmente sem muitos vínculos.

— E os meus Bisavós Gertrudes e Viriato? — O que aconteceu com eles?

— Seu avô se tornou um homem muito amargurado, especialmente pela culpa em ter obrigado Giovanna a casar-se com o Coronel. Gertrudes, como prometeu. Saiu do quarto de casal e não lhe dirigiu mais nenhuma palavra, culpando-o pelo triste destino de Gio. Principalmente, depois que o próprio Coronel, irado por não encontrar Giovanna, contou a Sra. Gertrudes, por pura vingança, que o aporte financeiro feito por ele à família Porto Cavalcante, para salvá-los do declínio econômico, não se tratava de despesas contraídas pela formação de Gianne na medicina e, sim, por dívidas contraídas pelo sr. Viriato, em detrimento do vício nas jogatinas, e nelas, perdia muito dinheiro nas mesas de apostas. Ele, sem o perdão da esposa, dos filhos e sem notícias de Giovanna, logo entregou-se ao álcool, falecendo pouco tempo depois. A sra. Gertrudes administrou a fazenda dos Porto Cavalcante com muita firmeza e a manteve o quanto pôde. Tentava acalmar o coração com a morte de Teófilo, se fazendo a benfeitora anônima que custeou os estudos do filho de Elenice e, enquanto esteve viva, também zelava pela mulher. Mantínhamos contato apenas por cartas e, somente após um ano, quando o Coronel se convenceu que não mais encontraria Giovanna, ainda assim, ela sempre teve medo de ser seguida e, entre matar a saudade e manter a filha viva, optou pela segunda alternativa. Enviava cartas e as poucas vezes que foi à capital pernambucana para ver Gio, o fez à distância. Diariamente colhia flores e olhava o pôr do sol como fazia com Gio ainda menina, assim, tentava minimizar a melancolia da saudade. Tinha longas conversas com uma amiga invisível que ninguém via, somente ela. Cuidou de muita gente, generosa, era querida por muitos. Sofreu muito com a partida de Gio. Morreu, como um passarinho, foi dormir em uma colorida manhã primaveril e não acordou mais. Poucos meses após Giovanna.

— E a fazenda? Porque minha avó morreu na pobreza?

— Bem! Com a morte da sra. Gertrudes, seus tio-avós Gianne e Gioconda venderam a fazenda. Gianne realizou seu sonho, construiu um pequeno hospital, que com muito trabalho, cresceu, fazendo-se um médico competente e respeitado na capital. Dedicou-se em zelar por um trabalho íntegro e correto, fazendo tudo que pode para coibir a misoginia e os abusos contra mulheres nos hospitais, fossem enfermeiras ou médicas, ou qualquer outra atividade, só descansou verdadeiramente quando conseguiu denunciar o tal Dr. Mota, que abusou de inúmeras mulheres, um dos primeiros escândalos nesse sentido a ser descoberto, com o tempo, gradativamente várias mulheres o denunciaram, no entanto, o nome e o prestígio da família fizeram o escândalo cair no esquecimento. O que deixou Gianne revoltado, ele ainda realizou trabalhos significativos na medicina, ainda é vivo, temos a mesma idade, noventa e seis anos. Gioconda por outro lado, aplicou o dinheiro nos negócios do marido, que apesar de avarento, era um péssimo administrador, eram escravos do *status* e dos ditames da sociedade, tendo a necessidade constante de aparentar sempre pertencer a uma camada social que não faziam parte, aos poucos foram perdendo muito dinheiro e findaram em relativa pobreza. Sua avó já era falecida e não estava na partilha. Gianne nunca deixou faltar nada a Gio enquanto ela esteve doente. Mas também nunca assumiu sua avó como irmã, visto que Giovanna era vista como uma mulher libertina, ele temia que a reputação da irmã manchasse sua imagem de médico respeitado. Gio, por outro lado, não aceitava nada dele, embora tivessem uma boa relação, seu maior desejo era a independência. Ao fugir da fazenda, jurou não depender de homem algum, nem do próprio irmão. Na doença, em seus momentos finais, Gio nunca soube que foi assistida por Gianne, ele não queria ferir ainda mais a dignidade da irmã. Então, a pedido de Gianne, me passei pela benfeitora.

— E Timóteo?

— Timóteo esteve ao lado da sra. Gertrudes o tempo todo, foi seu maior parceiro na lida da fazenda. Ele, assim como eu, nunca casou. Não confidenciamos nada um ao outro, mas devotamos nossos corações. Sendo, eu, a amiga fiel de Gio. Timóteo foi o amigo fiel da sinhá Gertrudes, que também partiu logo depois da matriarca.

25
ESCOLHAS

"A Esperança não murcha, ela não cansa,
Também como ela não sucumbe a Crença,
Vão-se sonhos nas asas da Descrença,
Voltam sonhos nas asas da Esperança."
Augusto do Anjos

— Ninguém é perfeito, Sabrina. Nenhum de nós. Não nos cabe sermos à palmatória moral do mundo! Todos temos dias ruins. Eu, Giovanna, sua mãe, Simone, Saulo, Sophia... todos nós que costuramos a emaranhada roupa da vida física, temos dias ruins, outros, assim como Giovanna e Saulo tem uma vida inteira. Há desigualdade em de todas as formas e todos os pontos que alinhavam a indumentária sócio-psíquica-emocional dos seres humanos. Há dias que nossa autoestima e amor-próprio vão ao chão, ironicamente, quando mais precisamos que ela nos levante.

— Eu não queria fazer parte dessa história vovó Nicinha.

— Você não quer, ainda assim faz parte, não há como fugir disso. Repense. Você só está vivendo um dia ruim. Esse padrão insano de uma perfeição ideal para viver é irreal. A verdadeira vida é imperfeita. A existência em geral é repleta de dores e sofreres que nos lapidam inclementemente, nos concedendo maturidade. Nada tem que ser perfeito. Não caia na fogueira das vaidades das aparências. Não se permita a escravidão de agradar a expectativa dos outros. Todo mundo erra. Seria uma hipocrisia dizer que está tudo bem em errar. Não está! Ainda assim, não há mal em errar. Não existe aprendizado sem erro e, isso, tem nome, lapidação. A questão é, se podemos conviver com esses erros. Se nos acostumamos com eles, ou faremos deles instrumentos de transformação para evoluirmos, ou para nos aprisionar. Isso é decisão.

Você está grávida, não planejou estar, seu noivo é apaixonado por você. Cabe aos dois escolher o amor, ou não. A paixão queima, Sabrina, o amor aquece. Ter dúvida dos seus sentimentos é natural.

— Toda a história da minha família biológica é baseada em paixão e amor.

— Não. Toda a história da sua família é semelhante a história da humanidade, baseada no patrimônio e nas paixões, restando muito pouco para o amor. Houve pouquíssimo amor nessa história. Você não o vê? Preste atenção. Se não fosse pelo patrimônio, Giovanna jamais teria sido a corsa cativa de Rufino. Se não fosse pela paixão, sua avó jamais teria caído no ciclo-vicioso e fraudulento do amor romântico. Se eu tivesse escolhido Timóteo, perderia Giovanna, não teria Sara e nem você, assim como, essa família linda que Deus e as minhas escolhas me deram. Amor e amar é verbo e, é escolha. Você é uma mulher independente, autônoma e, apesar do sistema patriarcal em que vivemos, da misoginia e do machismo, os tempos são outros. Ciente de seu passado e com a maturidade que tem agora e, que precisa buscar, só você pode fazer escolhas conscientes para que seu futuro se torne um presente.

— Eu tenho dúvidas.

— Que bom. A certeza é o princípio da ignorância. Viva responsavelmente. É só isso... ninguém vai entender você, tampouco suas escolhas. Seus pais vão querer que você faça o que eles fariam. Em geral, as pessoas querem que nós pensemos o que eles pensam. Vão querer que você aja como eles agem. Pense, a única pessoa que vai viver a sua vida é você, não entregue o leme do seu barco, somente você poderá vencer as tempestades dos mares que compõem a sua existência.

— Mas e a paixão que não sinto por Matheus?

— Verdadeiramente não sei que conselhos Nelson deu para Sophia, para que a filha caçula de Giovanna rompesse o ciclo para ter vivido uma vida plena. Não posso dar conselhos de histórias e experiências que não conheço. No entanto, sabendo a história de sua avó biológica, você agora sabe muito bem onde o amor romântico pode te levar. Reflita. A paixão vai querer novas paixões, novas ilusões, novas possibilidades de acreditar que dessa vez vai dar certo. Você acha que Giovanna pensou que em algum momento após fugir do Coronel, que suas paixões dariam errado? Todas às vezes, ela acreditou e idealizou, que aquele relacionamento seria perfeito e, não teria máculas, a paixão é muito exigente, é tudo ou nada, no primeiro obstáculo, na primeira briga se desfaz, uma vez que é muito imatura e quer sempre ser o centro de tudo e na desilusão da romantização, da perfeição, a paixão acaba. Como mulher, sua avó nunca foi verdadeiramente amada. Quase sempre foi abandonada. Quem esteve ao lado de Giovanna até o último minuto?

– Você!

– E o que é o Amor Sabrina? Por acaso somente esse fogo que arde efemeramente? Querida. O que é o amor? O que é a paixão? Na paixão, surgirá a necessidade de novas emoções, como um vício que tem necessidade de entorpecimento. – Que características? Que virtudes? Que valores? Que qualidades e que defeitos a ligaram a Matheus? Você conseguirá conversar com ele daqui a trinta anos? Do que vocês falam? Sabrina, amor é o que fica quando a paixão acaba. Será que você não está sentindo a quebra da sua expectativa narcísica?

– Uau! Como vovó Nicinha a senhora sabe tanto da vida?

– Não sei, são sempre dúvidas. Noventa e seis anos de idade, a maior parte deles observando a vida, as pessoas que me rodeiam e vivendo as minhas escolhas. Eu só tenho mais alguma coisa a te dizer: – Se você não decide o que quer, a vida vai decidir por você. Escolha com sabedoria. A escolha é somente sua!

Dias depois dos longos diálogos comigo. Depois de conhecer detalhadamente sua origem biológica, Sabrina decidiu fazer uma viagem sozinha. Queria processar suas emoções, buscava sanidade, discernimento e lucidez para uma decisão sem interferências. Em três semanas voltou, trazia um olhar leve e resoluto. Uma decisão tomada e uma vida a ser vivida.

Enfim, descansei.

SOBRE A AUTORA

Raquel Marinho é uma paulistana de origem nordestina, com sotaque carregado, filha de costureira e neta de empreendedora e alfaiat'A', estilista autodidata produziu a primeira roupa aos dez anos de idade, aos doze confeccionou a primeira camisola para as núpcias de uma amiga e um sutiã *plus size* para a avó.

Doutoranda em Ciências Sociais e mestre em Antropologia de Ibero-América, graduada em Estilismo e Moda; consultora técnica industrial especializada em moda íntima; facilitadora de palestras, cursos e treinamentos no segmento de lingeries. Pesquisadora dedicada à moda íntima e aos reflexos das representações sociais da mulher contemporânea.

Professora; em 2010, tornou-se facilitadora de palestras, treinamentos e cursos. Idealizadora do projeto LINGERIE SEM MISTÉRIOS, um curso intensivo e imersivo que visa qualificação especializada e continuada para os profissionais do segmento de moda íntima.

Feminista e observadora das manifestações e reflexos sociais que a rodeiam, desenvolve pesquisas etnográficas envolvendo gênero e diversidade desde 2012.

O desejo de escrever surgiu da escuta ativa com inúmeras mulheres ouvidas durante trabalho de campo como estilista, concretizando-a na rotina de leituras, escrita e diálogos com os filhos, uma mulher como qualquer uma de suas personagens.

OUTRAS OBRAS DA AUTORA

Literatura técnica especializada em moda íntima

SHAPEWEAR: as transformações de consumo e o desenvolvimento das lingeries modeladoras (2023)

MODA ÍNTIMA DA PRÁTICA A TEORIA: um guia com estruturas e fundamentos para o Desenvolvimento de Lingeries (2023)

Literatura ficcional

COM QUE REALIDADES ESSAS CAMISOLAS ACORDAM? Um romance que aborda a representação das mulheres multitarefas, que se sentem impelidas a absorver todas as responsabilidades para sobreviver, e se sobrecarregam, iludidas com a narrativa do empoderamento (2022)

COM QUE SONHOS ESSAS CAMISOLAS DORMEM? Uma coletânea de contos que aborda as condições do feminino em suas diversas nuances, as convivências cotidianas e a relações familiares geracionais (2021)